異常の門

下巻

柴田錬三郎

目次

風の章 …… 6
雲の章 …… 168
終章 …… 372

異常の門　下巻

風の章

その一

風巻研堂（かざまきけんどう）、と名のる。

齢（よわい）は、すでに古稀を迎えて、白髪白髯の容貌は、枯淡の風格を湛えて、美しい。

屋敷内にあふれた書は、文字通り万巻をかぞえ、公儀役方において、典礼儀軌上の疑念が生じた場合は、直接、奥祐筆組頭が、質問にやって来るぐらいであった。

夢殿転（ゆめどのうたた）は、一日、その書屋に坐した。

花頭窓を除いて、三方ことごとく、おびただしい書籍の山である。

強い地震でもあれば、一時に崩れてしまい、書屋もまた傾くであろう、と思われる。

主人は、そのような危険は、一向に気にもかけず、この中に在って、数十年をすごして来たのである。

いま——。

窓からしのび込む春の微光に、白髪を美しく光らせ乍ら、転が依頼の件を、古書の中に、探しもとめていたが、

「これじゃな」

と、合点した。

転は、松平中務少輔直元の家に、何か重大な秘密が——たとえば、幕府にとって看過すべからざる事柄が、あるのではないか、と調べてもらいに来たのである。

「松平中務少輔は、深溝松平の後胤でござったな？」

「そのようです——」

「只今は、島原藩であったか」

それだけの会話で、研堂は、直ちに、調べはじめたのである。

松平、というのは——。

新田義重第四子徳川四郎義季の末裔に、世良田右京亮有親というのがいた。

その子徳寿丸が、三河国松平村の村長にやしなわれて、松平泰親と名のった。

泰親の子に、信広・信光の兄弟があった。信光は、長じて、和泉守に任じ、男女四十

余人をもうけた。

当時、三河の十八松平と称されたのも、この繁栄のためであった。したがって、自然に、松平氏一族を区別するのに、三河の地名で呼ぶようになった。

形原、深溝、能見、長沢、藤井、大給、桜井など……。

このうち、深溝松平というのは——。

和泉守信光の子蔵人親忠の弟に、松平大炊助好景というのがいた。三河国深溝を攻め落して、移り住んだ。好景は、のち、善明寺堤の戦いで、討死した。

その子の主殿助伊忠も、徳川家無二の忠臣で、長篠の役に、鳶の巣城を破って、討死した。また、その子主殿助家忠も、父祖に劣らぬ武勇の士で、慶長五年八月朔日、伏見の城で、石田三成の西軍と闘って、家子郎党八十五名とともに、枕をならべて、討死している。

祖父、父、子と、三代ともに、大事の戦いに討死しているのは、比類稀な忠臣の家である。

家忠の嫡子家利は、累代相伝の地である三州深溝を賜わり一万石を領した。この家利の弟庄九郎忠一も、大坂夏の陣で、若年にして討死している。

三代将軍家光の代にいたって、肥前国高来郡島原七万石を領して、今日にいたっている。

中務少輔は主殿頭（とのものかみ）ともよび、譜代大名中の歴然たる名門として、きこえているのである。

「松平家は、島原へ移封あって、六代まで、異国船の取締りに任じて居り申すな」

「左様ですか」

「思うに、拿捕（だほ）した異国船の処置は、松平家の裁量にまかされたのでござろうな」

「としますと、載せていた荷は、松平家が自由に処分してもよかった、と考えられますな？」

「もとより、貴重な品々は、禁廷と大奥へ、それぞれ、呈上されたに相違あるまいが……」

「禁廷と大奥へ……？」

一瞬、転の双眸が、光った。

「すると、献上の品々について、何か控えの帖は、ありましたろう？」

「あったでござろうな」

「たとえば、それを――天皇帖とか、大奥帖とか、名づけておくことは、考えられますな？」

「秘帖として、大切にな」

研堂は、微笑して、頷いてみせた。

「松平家が拿捕した異国船の数など、おわかりでありましょうか？」

「さあ、それが、記録されて居るべきなのに、不明とされて居り申す。これは、訝しい、と申上げられる。故意に、あいまいにして、取りあげた荷が、いかなる品々であったか、かくしておいた、としか考えられぬ。それが、公儀のはからいであったか、松平家の思慮からなされたものか――おそらく、松平家が、そうしたと、思われますな――」

「判りました」

転の謎解きは、一歩すすんだ。

天皇帖と大奥帖の内容が、ほぼ想像できたのである。

礼をのべて、いとまを告げようとした時、突然、半鐘の音が近くで、起った。

転は、研堂を見やって、

「火事ですが、近いようです」

と、言った。

火事に対しての神経は、江戸に住む者には、殆ど本能的なまでに、敏感に働くのである。

冬から春へかけて、江戸には、一日として、火事のない日はないのであった。

火事の場所の遠近、大火の兆（きざし）、火消人夫をくり出す町内を、どのあたりまでにするか等、半鐘の打ちかたできめられる、いま鳴るのは、二打して間を置き、つづけざまに十打する——文字通り、焦眉の急を告げる、いわゆる摺（す）り半（ばん）であった。

その二

たちまちに——。

各処の火の見櫓の半鐘の音が、一斉に鳴りひびいた。

「大名火消の半鐘じゃが……さては、あの幽霊屋敷が、燃えるのか」

研堂が、呟いた。

「幽霊屋敷！」

　転が、ききとがめると、研堂は笑って、

「ここから二町ばかりさきの追分の街道路沿いに、禁廷よりの勅使を泊める御用邸であった屋敷がござる。それが、いつの間にか、公儀の手をはなれてしまい、一時は、大坂の大町人に払い下げられていたと申すが、最近になって、薩摩で買い入れたときき申したが、一向に、下屋敷らしい様子もしめさず、市民たちから幽霊屋敷と呼ばれているのでござるよ。……烏有に帰すのには、ふさわしい屋敷じゃ」

　研堂は、こともなげに、言いすてた。


　火事は、江戸の花――という。

　江戸という街の歴史は、火事によって、つくられたといっても、過言ではない。

　もとは空漠とした武蔵野の一角を拓いて、あらたに興された府である。めぐるに峯巒の高きはなく、目路のおよぶかぎり、邈々たる平原である。海から吹き渡って来る風の通路にあたっているから、街衢は常に、砂塵をあげて、黄烟を捲く。

　空気の乾燥する季節、巷閭の一隅で、ひとたび、火の手が風に乗れば、全戸木造の市中は、たちまち、数里を舐(な)められるのである。

明暦の振袖火事。

元禄二年の地震火事。

同十一年の勅額火事。

いずれも、数万戸を焼き、十余万人を焚死(ふんし)せしめる惨状を呈した。

一町一街を焦土と化す災禍など、毎年のことであった。

尤も——。

そのおかげで、江戸の街は、しだいに、綺麗になった、ともいえる。

いかに幕府が、警火消防に関して、ふかく留意して、瓦葺き、塗屋作りに統一しようとしても、風と木造を無くさない限り、祝融(しゅくゆう)の災をのがれることは、不可能であった。

そして——。

いつか、防火の任に当る者が、戦場に赴くのに比せられて、意気を尚び、体面を重んじ、江戸っ子中の江戸っ子として、鉄火の気性を誇ることになった。

いわば、江戸っ子は、火事を、いつの間にか、三社祭のように、華やかな行事のうちに加えていたのである。

火消のうちには――。

江戸城をまもる旗本の定火消（じょうひけし）と自邸をまもる大名火消と、市井の町火消と三組に分れていた。

大名火消は、藩の大小に応じ、邸居の最寄八丁四方、五丁四方、三丁四方の火事に尽すべき定めをもち、八丁火消、五丁火消、三丁火消の称があった。

ところで――。

この日、火煙を噴きあげた屋敷は、幽霊屋敷と呼ばれるにふさわしく、火消組を持たず、また隣りに大名屋敷もなかったので、あれよ、と見る間に、建物は紅蓮の舌になめつくされてしまった。

ここ一月あまり雨に濡れていない乾いた空へ、ぐわっと燃えあがった火焔が、呼んだ風であったろう。

中天を掩うた黒雲が、渦をまいて、西方へ崩れ落ちはじめるや、広い庭苑の樹木に飛び移った火は、高塀を越えて、町屋通りへ泳ぎ出た。

乱打の鐘音に呼応して、刺子姿で、手に手に梯子、刺股などをひっつかんで、かけつけて来た町鳶たちは、ようやく、

「ござんなれっ！」

と、ばかりに、活躍しはじめた。

制度のきびしさによって、町鳶たちは、大名屋敷内に、とび込むことは、ゆるされていなかったのである。

屋敷側としては、まことに、無念な制度というべきであった。

濛(もう)っ、濛っ、とたつまき状に噴きあがる黒煙の下から、真紅の火が裂き立つや、もはや、御殿造りの母屋は、轟音をたてて崩れ落ちるのを待つばかりとなった。

火勢に追われて遁れ出る人影が、かぞえるほどしかなかったのも、ふしぎであった。

すべて、逞しい武士ばかりだが、あわてずに庭へ出て来て、手の施しようもなく燃え盛るさまを見やり乍(なが)ら、

「どうせ、始末しなければならぬ屋敷だったのだ、地下牢の亡者どもも、灰になって、きれいに片づく」

と、冷たく笑いあっていた。

「梶殿は、どうなされたか？」

一人が、見まわした。

「昨夜から、姿が見えぬ。三田の方ではないか」

「それならば、かえって、都合がよかった」

武士たちは、悠々として、火風に吹かれ乍(なが)ら、屋敷を立去って行った。

それから、ほんのしばらくして、雲母(きらら)が散るように、火の粉が降って、血のようにあかあかと、火焔に映えた池の水面が、ふいに、波立ったかと、思うと、ぽっかり、首がひとつ、浮かび上った。

つづいて、もうひとつ、顔がのぞいた。

黙兵衛と二階堂庄之助であった。

油断なく、四方を見まわしてから、

「さ、はやく——ちっとの御辛抱でございますぞ!」

と、体力の失せ果てている庄之助をはげまして、岸辺へむかって泳ぎ出した。

「黙兵衛殿、加枝は——加枝はどうしたのか?」

黙兵衛の背中に負われた庄之助は、喘ぎ乍(なが)ら訊ねた。

「さがすだけさがしてみました。見当らぬところをみると、どこか、他処へつれて行かれたものでございましょう。あるいは、もうこの世のものではないかも知れませぬ」

「わ、わしだけ助かっては、加枝に、申しわけない」

「とんでもない。……貴方様は、二階堂のお家をおつぎなさる、大切なお方でございます。加枝が、身代りになってくれたのなら、冥利でございます」

岸辺へ着くや、黙兵衛は、忍び者独特の身ごなしの軽さで、一気に木立の中へ馳せ入った。

その三

「無風亭」の茶室で、千枝は、闇斎の妻女を客として、しずかな点前を見せていた。

釜がたてる松風の音が、庭でさえずる小鳥の声と合うて、静寂は、深かった。

「どうぞ――」

「いただきまする」

さし出された黒筒茶碗を、三口に傾けて喫した妻女は、それをかえすと、

「貴女が参られて、もう半年になりまするな」

と、言った。

「ほんとうに……ご厚意にあまえて、ついご厄介になりつづけて——申訳ございませぬ」

「遠慮は禁物、かたくるしゅうては、お世話の仕甲斐がない、と主人も申して居ります。娘ができた、とよろこんで居ります。礼を述べたいのは、こちらの方です」

妻女は、心から、そう言った。

この時、千枝は、庭に誰かが立ったように感じて、頭をまわして、はっとなった。

跫音(あしおと)はおろか、気配もおぼえなかったのに、いつの間にか、そこに、うっそりと、人が佇(たたず)んでいたのである。

のみならず、ただの人ではなかった。

白い頭巾をかぶった浪人者であったが、一眼は白濁し、片袖はダラリと殺(そ)げ落ちていた。痩軀から漂わせるものは、屍臭を含んでいるように妖しく、無気味であった。

「どなた様でございましょう?」

妻女が、気丈に、抑えた声音で、たずねた。

「十六夜(いざよい)十兵衛と申す素浪人。ごらんの通り、白昼にあらわれるのは、聊(いささ)か気が引ける化物だが、気まぐれにうろつくうちに、早く到着した」

「御用は、何でございましょう」

「無風亭殿に、会いたい」

「ただいま、他出いたして居りますが……」

「帰宅の時刻は？」

「判りませぬ。いちど、他出すれば二日でも三日でも、戻らぬくせがございます」

「そうきいても、こちらは、出直すのは面倒だ。待たせてもらおう」

「わたくしで、わかりますことなれば……」

「あいにくと、当人に会わねば、すまぬ用件だ」

「たいがいのことならば、主人は、わたくしにまかせて居りまするが――」

妻女が言うと十兵衛は、冷たく、ふふふ、と笑った。

「この用件ばかりは、代人では、叶わぬ」

「参考までに、おきかせ頂ければ……」

「無風亭闇斎の首級を刎ねに来た」

十兵衛は、ずばりと言いはなった。

「……」

妻女と千枝は、息をのんだ。

「ふふふ、代人では駄目であろう、これは――」

十兵衛は、のっそりと、近づくと、縁側へ上った。

「待たせてもらう」

「何の理由があって、主人の生命を奪おうとなさいます？」

「たのまれた。それだけの話だ」

「刺客と申されますのか？」

「左様。公憤私怨によって、刀を抜くのは好まぬ。なんのゆかりもない他人を、斬る。これが、それがしの生甲斐となる」

十兵衛は、ぴたりと座を占めると、

「恰度よい。招かれぬ客乍ら、大層な美人の前に坐っては、点前を所望いたしたくなるのは人情だろう。願おうか」

と、言った。

その四

同じ静寂でも、先程の空気とは一変して、無気味なけはいを罩めたものであった。

釜がたてる松風の音も、庭でさえずる小鳥の声も、思いなしか、怯えをふくんでいるようである。

一人の男が、炉辺に坐っただけなのに、こうも、冷たく、険しく、変るものであろうか。

千枝は作法正しく、点前をしているし、妻女は、そのかたわらで、つつましく、膝へ目を落している。

客の座に就いている十六夜十兵衛の隻眼は、千枝の動きを見戍っている。その眼眸は、ただ、暗く沈んでいるにすぎず、むしろ放心の状態をしめしているにも拘らず、痩躯からただよわせる妖気は、死魔にも似た——。

千枝が、雲鶴の茶碗を、しずかに、十兵衛の膝前へ置いた時、妻女は、音もなく立ち上って、茶室を出て行った。

十兵衛が、喫する様を視て、千枝は、この無気味な浪人者にも、茶道の心得があるのに、ひそかにおどろいた。

「いま一服、所望いたそう」

十兵衛は、言った。

再び、千枝が、茶碗を、十兵衛の膝前へ置いた——その刹那であった。

十兵衛の頭上めがけて、鋭い刃音が、唸って来た。

並みの者なら、到底躱(かわ)し得ない薙刀の一撃であった。

前に坐っていた千枝は、振り下された刃の下で、十兵衛が真っ二つになるのを疑わず、思わず、目蓋をとざした。

息詰まる数秒を置いて、千枝が、おそるおそる、目蓋をひらいてみると、十兵衛が坐っていたそこには、雲鶴の茶碗が、二つに割れて、ころがっているばかりであった。

妻女は、左半身の青眼の構えをとって、千枝の背後を、睨み据えていた。

いつの間にか、十兵衛は、千枝の頭上を躍り越えて、壁際に、立っていたのである。

「貞女が、良人の首級を取りに来た者を討とうとするのは、人情だろう。相当の腕前と見たぞ。こちらも容赦なく立合ってやろう。……屋内では、薙刀は使いにくかろう。庭へ出てやるから、存分にかかって来い」

そう言いすてて、十兵衛は、壁に沿うて縁側へ出た。

悠々として、妻女に背中を向けて、置石をふんで、足場をさだめてから、おもむろに向き直ると、

「参ろう」

と、促した。妻女は、一間の間合をえらんで、石突きを下に、切先を上に、刃を前方に向ける天の構えをとった。

十兵衛が抜刀しようとしないのを、居合を使うものと見てとって、攻撃と防御を兼ねた構えをとったのである。

その姿を、じっと見据えて、十兵衛は、ふっと、口辺を歪めた。

「武家に生れたたしなみで、なまじ、武芸を習って、自信をもったのが、そなたの不運だったようだ」

「……」

「おとなしくして居れば、良人の菩提をとむらうことができたろう」

「えいっ！」

裂帛の気合もろとも、天の構えから、ツツツ……と右足ふかく踏み込んで、左膝をつ

き――

　びゅーん！

　と、袈裟切りに極めた。

　その刃風にあおられたように、十兵衛は、半間余を跳び退った。

「老女にしては、腕は冴えて居る。ただ、こちらが、すこしばかり、実戦の場数をふんでいるのが、気の毒だ」

「とおーっ」

　血の気のないおもてに、憤りの色を漲らせた妻女は、猛然と攻撃を開始した。

　首を狙って、摺り込み、刃を返して胴を薙ぎ、陰の構えから、左胴を払い、面を打ち、冠り入身の下段より、きえっと斬り上げ……息もつかせずに、練磨の波状撃ちを送りつづけたが、十兵衛の痩軀は、突然、風に舞う羽毛のように軽やかに、ひらりひらりと躱しつづけた。

　千枝は、その闘いを、見ようとはせず、同じ位置に坐りつづけていた。

　自分たち夫婦に、何かの異変があっても、決して、すすんでまき込まれてはならぬ、と闇斎から、かたく戒められていたのである。

その戒めを破って、たとえ、懐剣を抜いてみたところで、妻女にいかほどの助勢ができるものであろう。

千枝は、ただひしと目蓋をとじて、神明の加護を祈るよりほかはなかった。

そうして、いくばくの時刻が、移ったろう。

いつか、千枝は、祈りの中で、一種の痴呆状態に陥っていたようである。

ふと、われにかえったのは、じぶんの前に立った者の気配を感じたからであった。

千枝はそれが十兵衛と知るや、愕然と、色を喪った。

——小母様は？

十兵衛の顫（あご）から咽喉もとにかけて、返り血がかかっているのを、千枝は、みとめた。

——お果てなされた！

立とうとしたが、四肢が利かなかった。

十兵衛は、にたりとすると、

「いま一服、所望いたそうか」

と、言った。

「……」

千枝は、その冷たい視線を受けとめきれずに、俯向いた。すると、遽（にわかに）に、くらくらと眩暈（めまい）が来た。

その五

千枝は、にわか盲の手さぐり状態で、ふらふらと立っと、茶室から遁れようと、襖へ手をかけた。

とたんに、くるっと、からだが、回転させられた。

十兵衛の隻腕がのびて、帯の端を摑んで、曳き解いたのである。

はっと、意識をとりもどして千枝は、夢中で、襖をひきあけた。

同時に、十兵衛は、片膝たてて、抜き討ちに、白刃を、千枝の細胴へ送った。

ぱっと、扱帯（しごき）が、散った。

千枝は、女の本能で、片手で前をおさえて、膝を折った。

のそりと立った十兵衛は、刀をすてると、千枝の背中の急所稲妻へ、拳をひと当てして、崩れかかるしなやかな肢体を抱きとめた。

がっくりと仰向いた白い貌へ、一瞥を落して、

「ふむ。美しい！」

と、もらした。

美しい女性とは、全く無縁に生きて来た剣鬼であった。

また、無辜（むこ）の庶民を、なんの理由もなくして、斬り仆（たお）す残忍性はそなえていても、ふしぎに、これまで、美しい女性にむかって野獣となったおぼえのない十兵衛であった。

この日も、闇斎の妻女が、襲って来なければ、十兵衛は、千枝の美貌に、牽（ひ）かれはしても、これをわがものにしたい欲情に駆られはしなかったろう。

ひさしぶりに生血をあびて昂った神経が、思いがけなくも、情念を駆りたてることになった、といえる。

十兵衛は、微かに痙攣する五指を、爬虫のように、意識を喪った清楚な女体へ、延ばした。

前は、はだけて、白綸子の長襦袢も、緋の下裳（したも）も乱れていた。

五指は、ふっくらとあたたかな柔肌を滑って、甘肉の盈（み）ちた白桃の一顆を摑んだ。

しばらく、そうやって、柔らかな、弾力のある感触を愉しんでいてから、十兵衛は、ふたつの隆起の谷間をまさぐりつつ、白綸子をわけて行った。

淫指は、柳腰を包んだ緋縮緬を、手繰った。

下裳は、さらさらと、滑石(なめし)のような白い脛を、膝を、腿を撫でつつ、畳へ落ちて、拡がった。

千枝は、意識を喪いつつも、かたく、下肢を合せていた。

十兵衛は、むざんに、あらわになった秘所へ、隻眼を落して、あさましくも、咽喉仏を、ひくっと、蠢(うごめ)かした。

まず――。

五指は、細い足くびをとらえた。そして、この無上の愉悦を、すこしでも長くあじわうために、ゆっくりと、秘所へ向って、円やかな盛り肉(じし)を撫であげて行った。

まろやかな陰翳が落ちた、濡ればんだように濃い生命の土壌へ、五指を近づけるにつれて、十兵衛の胸は、われにもあらず、烈しく動悸搏った。

あと一寸あまりに迫った――その時。

「そこまでで、悪戯は、止めてもらおう」

庭から、声がかかった。

反射的に、十兵衛は、刀身を鞘走らせると、千枝の白い胸に擬した。

縁側へ、しずかに近よった無風亭闇斎は、屍となったおのが妻を両手でかかえあげていた。

その双眼は、憤怒をかくして、無色であった。

そっと、屍を、縁側へ横たえると、

「お主には、一度出会うたことがある」

と、言った。

「何処で――？」

「小石川の空屋敷で、お主の青眼破の独妙剣が、夢殿転に、敗れた時に」

「おっ！」

十兵衛は、唸った。

「貴様！　おれと夢殿の対峙が潮合きわまった刹那、気合をかけた奴かっ！」

「左様――。わしの一喝で、夢殿転は、自由な無想の迅業をえらび得たし、お主は、独妙剣を使うのをはばまれた。それぞれの心の置きどころの相違であった」

「闇斎！　勝負するか？」

「まあ、待てい。お主に勝ったところで、妻の生命は、甦らぬ……。それに、わしが勝負すると申せば、お主は、その娘をつらぬいておいて、立つであろう」

「貴様の帰宅が半刻早かったまでよ！」

闇斎は、淋しく笑った。

「早かったおかげで、大切なあずかりものを、傷つけずにすんだ。妻の霊魂も、せめてもなぐさめられよう」

「どうする、闇斎？」

「お主、わしを討ちとれ、と何者に頼まれた？　洩らすなと口封じされて居るわけでもあるまい。参考までにきいておこう」

「薩摩屋敷の梶豪右衛門に、この隻腕を売った」

「ほう――、そうか」

闇斎は、思いあたるふしがあって、大きく合点した。

かねて、薩摩屋敷が、「天皇帖」と「大奥帖」をめぐる暗闘に、横あいから一役買って出て来ていることは、察知していた闇斎である。清姫を拉致したのも、薩摩屋敷のしわざと、想像していた。

首謀者が、梶豪右衛門という名前であることは、いまはじめてきくが、なみなみでない奸智にたけた人物であろうとは、考えていたことである。

ただ、闇斎にとって、合点のいかぬのは、梶豪右衛門の方で、どうして、自分という存在をかぎつけて、討ち取ろうとしたか、である。

こちらは、巧妙に、称号通りに、陽の当る場所は避けて、動いて来たつもりである。自分が、暗闘に加わっていることを知っているのは、中御門織江と大久保房之進しかいない筈であった。

――房之進め、清姫をとりもどすために、梶豪右衛門に会って、わしの名を告げたかも知れぬ。

闇斎は、永年の知友から裏切られる不快をおぼえ乍ら、十兵衛に向って言った。

「今日のところは、引上げてもらおう」

「果し合う日時と場所を言え！」

「これから忙しくなるからだ故、その約束はできぬが、こちらから、お主をたずねて行くことになろう」

「よかろう。しかし、今日とても、ただでは引上げぬぞ」

「わしの妻を斬った上に、まだ、わしに負目をおしつけておくつもりか?」

「ただの対手なら、このまま、引上げてやろうが、貴様は油断がならぬ。この娘の生命と交換する貴重の品を、もらおうか。いや、勝負の日まで、預かっておこうか。貴様が、それを持たぬ筈はあるまい」

十兵衛は、うそぶいた。

その六

遠くで、時の鐘が、夜半三更——子の刻を告げた。

夜霧がこめた大川の川面を、艪音もひそやかに、一艘の猪牙が、下って来た。

乗っているのは、夢殿転と、昨日まで転を尾行していた若い公儀隠密であった。

その母を将軍家の側室にされ、そのために父が自決した無念を抱いて、懊悩していた若者である。片柳又四郎、という。

転は、その母を将軍家の前に置いた人物がお目付・本多甚左衛門だ、ときくや、本多を斬ることで、すこしでも目の前が明るくなるならば、とすすめて、自ら助勢を買って出たのである。

猪牙を漕ぎ出してから、ずうっと、両者は、無言のままで来た。

片柳又四郎は、公儀の要人を斬って、父の讐を復つ昂奮を抑えるのに懸命であったし、転は放心していた。

猪牙が、とある掘割に入った時、転は、ふと、思い出して、

「わたしは、本多甚左衛門という人物に就いては、全く知るところがないが、お手前は、勿論、会っているのであろう」

「それが不思議なのです」

片柳又四郎は、こたえた。

「本多甚左衛門は、いまだ曽て、公の席に、姿を見せたことがないのです。それがしの仲間で、彼奴の面貌を、しかと見とどけた者がござらぬ」

「殿中にも、姿を現わさぬのか?」

「それは――若年寄を用部屋にたずねることもあり、評定所へも参ると存じられるが、目付が勤める政務上の事柄は、ご存じの通り、時刻を無視いたす故、登城下城の際に、

見とどけるわけに参らず、また当人も、常に、御太鼓櫓で太鼓の鳴る時刻をさけて居る様子です」

目付が、職掌柄、近親以外と往来することができぬさだめとなっている以上、その面貌も行動も、他人に知られぬように努めるのは、当然であったろう。

しかし、本多甚左衛門の場合は、極端であった。

片柳又四郎が調べたところによれば、直接の下僚の徒目付、小人目付、徒押えさえも、本多の顔を、はっきりと見とどけた者はいないのであった。

「本多は、他の目付と反目しているのではなかろうか？」

「いえ、むしろ、他の目付たちが、本多には、一目置いて、これにさからわぬように努めていると思われるのです。数年前までは、本多によって、蹴落された同役が幾名もいた由ですが、もはや今日では、比肩して争う対手は居らぬようです」

「よほどの隠然たる権力だな。討ちとり甲斐があるというものだ」

転は、ひくく笑い声をたてた。

猪牙は、やがて、宏壮な屋敷の石垣ぎわへ、寄せられた。

石垣の上は高い海鼠塀（なまこべい）であった。

「ひさしぶりだな、暗殺をやるのは——」

転は、平然として、呟きすてた。

その七

——はてな？

屋敷へ忍び入って、墨を流したような廊下の一端へ立った時、転は、首をひねった。

——この宏壮な屋敷に、幾人が住んでいるというのか？

まるで、空屋敷のようなさむざむとした空気である。

隠密として経験を積んだ者独特の直感力であった。屋内に一歩忍び入るや、いかに寝しずまった深夜でも、その寂寞が、人気のないものか、大勢の人の睡っているためのものか、即座に判断し得る。

すでに、この屋敷の表構えは、昼間見とどけてある。

大きな武家屋敷というものは、家に応じ、地位にしたがい、格式によって、厳重な規定に律せられる。この屋敷の石垣の畳出し、出格子の造り、黒門の構えなど、これは数万石の譜代国主のものであった。ただのお目付のすまいではなかった。

おそらく、拝領屋敷として、本多甚左衛門が、一時公儀から預っている、という形式をとっているのであろう。

たとえ、その形式をとっていても、これだけの構えの屋敷に住むからには、それだけの使用人を置かねばならぬ。

その気配が、全くないのだ。

——どういうのだ？

本多甚左衛門という人物が、謎の存在である証拠がここにもあった。

かたわらに立つ片柳又四郎も、がらんとした屋内に、大きな疑惑を抱いているようであった。

「勝手にやろう」

転は、言った。

「ただの屋敷ではないようだ。お互いに、勝手に歩きまわっているうちに、主人の寝所へ行き当るかも知れぬ」

普通の大名・旗本屋敷ならば、主人の寝所は、きまっているし、構造が規定されているから、ためらわずに、そこを目指すことができる。
　この屋敷では、どこが、主人の寝所か、見当がつかない。自身の行動を謎にしている
ような人物であれば、寝所もまた、意外な部屋をあてているに相違ない。
「危険の際は、忍び笛で、合図して頂こう」
「承知しました」
　転は、又四郎から離れると、反対側へ――中廊下へ、入って行った。
　闇に目は利く――。
　ならんだ部屋の前を通り過ぎ乍ら、全く無人であることが、いよいよ、奇怪な思いを
させる。
　これだけの建物ならば、当然、廊下のところどころに、金網燈籠が、光を流している
べきであったし、不寝番も控えている筈であった。
　闇は、どこまでもつづいているのであった。
　中廊下がおわった。
　そこから、奥向になって、杉戸が閉められてあった。あきらかに、これは、大名屋敷
であった。

いま過ぎて来た幾曲りかの中廊下は、幾棟かの下を通じているものであり、御広敷向、御殿向に分けられていた。だから、当然、ここから、長局になる。

ここが、御錠口ならば、鈴が引いてあろう。

転は、大胆にも、壁をさぐって、それを手摑むと、ぐいと引いた。そして、杉戸を開けた。そこに錠はおろされていなかった。

鈴は、はるか奥で鳴ったようであった。

渡廊(わたどの)になり、転は、無造作な足どりで、渡った。

やがて――。

転は、障子に灯の映えている部屋を見出した。

鈴の音をきいて、起き上って、灯をともしたのは、そのまたたきかたで、あきらかであった。

転が、近づくにつれて、灯はあかるさを増した。

障子に手をかけたとたんに、転は、はっとなった。

鼻孔を衝いたのは、甘い乳の匂いだったからである。

――赤子がいる。

転のはりつめていた神経が、ふっと、なごんだ。血なまぐさい波瀾の日々を送っている孤独な男にとって、甘い乳の匂いは、郷愁となる。

転は、無造作に、障子を開けた。

同時に、轟然と、銃声が鳴りひびき、転の、左腕を、疼痛がつらぬいた。

油断したおのれを嗤うべきであった。

掛具から、銃口をのぞけて、こちらを睨んでいる若い母親は、美しかった。澄んだ双眸には、恐怖の色はなかった。細い白いおもてには、心のうちをかたくとざした冷たい表情があった。

母親の胸の中で、嬰児が、火のように哭きはじめた。

転は、傷口へ右手を当てようともせず、ゆっくりと、一歩出た。

「動くと、また、撃ちますよ」

若い母親は、言った。

「そなたは、本多甚左衛門の御家内か？」

「……」

こたえはなかった。

「この広い奥向に、女中もつかわずに、どうして、一人で住まわれて居るのか?」

「……」

「奇妙な話だと、疑うのが当然だ」

「侵入なされた理由は——?」

若い母親は、おちついた声音で、問うた。

「本多甚左衛門の首級(くび)を貰い受けたくて、ある若者が参上した。わたしは、それの、介添役というところ」

「父?」

「父は、この屋敷には、居りませぬ」

転は、あらためて、若い母親の貌を見戍(みまも)った。

「そなたは、本多甚左衛門の息女か?」

「父が不在とわかったならば、早々に出てお行きなさい」

「さあ、その言葉を信じていいものかどうか——。こちらは、滅多に他人の言葉を信じない、疑い深い性分なのだ」

転が言いおわらぬうちに、突然、御殿向において、凄じい掛声が起った。

その八

転は、風のごとく、渡廊を駆け抜けて、御殿向の中廊下を奔った。

闘いは、二階で起っていた。

転が、三段に跳んで、二階の踊り場に立った。

「……うっ！」

肉と骨を断たれる悲痛な呻きがつらぬいた。

転は、それを又四郎のものとききわけるや、肚裡に鋭気をひそめて、ゆっくりと歩いた。

廊下が鉤の手に曲っているその角に立った転は、彼方の部屋から流れ出る灯かげの中に、障子もろとも廊下へ倒れ出ている又四郎の、朱にそまった姿を見た。

――あたら、若い生命をすてさせた！

この自分が、そそのかしたためである。

転の胸を、強い後悔の念が嚙んだ。そして、それは、次の刹那、猛然たる闘志にすりかわった。
——おれが、代って、本多を討つ！
部屋から、影法師が延びて来るのを、転は、見戍りつつ、声なく叫んだ。
大股に廊下へ出て来た武士は、手槍を携げていた。
あの若い母親が、父と呼んだだけの年齢であった。
「推参！」
力強い口調で、転をきめつけて、ぴたっと、手槍をつけた。
その穂先は、転の頭上を越えた一点に狙いつけられていた。
——できる！
なまなかの剣をもってしては、到底抗すべくもない強敵であった。
転は、敵の構えを、無辺流裏霞、と見てとった。
これは、盲人山田無辺斎が編んだ秘術であった。
ある時——。
山田無辺斎は、宮本武蔵に、試合を挑んだ。
激闘数十合の後に、無辺斎の槍は、武蔵の二刀のうち、左剣をはらい落した。武蔵は、すかさず、右剣を揮って、槍の半ばを一撃した。槍は、千段巻のあたりから、ぽきッと折れたが、同時に、武蔵の五体は、宙に躍って、背後の四阿（あずまや）の廂（ひさし）上に立っていた。

その紺小倉の袴の裾には、槍の穂先が、突き立っていた。武蔵は、槍を搏（う）つと同時に、飛鳥のごとく、地を蹴って逃げたから、たすかったのであるが、もし、そのままの姿勢でいたならば、腹部を、まっ向からつらぬかれていたに相違ない。すなわち、無辺流裏霞とは、槍の柄を両断させておいて、気合によって、穂先を、あたかも小柄のごとく飛ばして、敵の体内へ突き刺す迅業であった。

「本多甚左衛門殿だな？」

転は、たしかめた。

「いかにも！　貴様は、何者だ」

「元公儀隠密・地の七」

「なに?!」

対手は、大きく、かっと、双眸をひらいた。

「何が故の、推参か！」

「そこに仆れたのは、同じく公儀隠密で、片柳又四郎と申す。……貴殿は、十年前、片柳又右衛門なる旗本の妻女を、無理矢理に、将軍家の側妾にしたおぼえがあろう。そのために良人の又右衛門は、憤死いたした。その子が、貴殿を討ちに参ったのにふしぎはなかろう。無念にも、返り討たれた。よくよく、片柳家に、天運がなかったことだ」

「……」

「それとも、貴殿の方が、悪運が強いことになるのか？」

「去れ！」

甚左衛門は、大喝した。

「去れ、とは――？」

「貴様の申すごとく、この若者に運がなかったのであれば、介添役たる者、すなおに、遺骸を引きとって行けばよい」

「そうは参らぬ」

転は、かぶりをふった。

「母を将軍家に奪われ、父に憤死されて、なお、公儀の禄をはむ懊悩を訴えられて、将軍家の前に母親をさし出した張本人を討って、せめてものなぐさめにせよと、すすめたのは、このわたしだからだ」

「おろかなそそのかしを！」

「まさしく、おろかであったと悔いて居る。悔いて居るからこそ、ただ、遺骸を引きとるだけでは、心がおさまらぬ」

「見事、太刀向って参るか？」

「いかにも――」

「よしっ、参れ！」

転にとって、対手が、聊（いささ）かも悪びれず、いや、むしろ昂然たる態度を持しているのが、気持よかった。

討つか、討たれるか――それは、もはや、結果をつけてくれる神の手にゆだねるばかりであった。

対手は、じりっ、じりっ、と穂先を迫らせて来た。

転は一歩引いて、しずかに、刀身を抜きはなつと、さらに半歩引き、ぴたっと、陰の構えをとった。

銃創を蒙った左腕は、使いものにならなかった。

対手は、一間余を肉薄してから、立ちどまると、

「貴様、姓名をきいておこう」

と、言った。

「敗れても、回向はのぞまぬ」

「言え！」

「夢殿転」

「なに?!」

対手の面上を、驚愕の色が走った。

転は、隙を見出した。

しかし、驚愕で生じた隙へつけ込むことを、いさぎよしとしなかった。

と——転は、背後から、かぶさって来る殺気を感じた。

「待て、糸路！」

対手が、転の背後に出現した者へ叫ぶのと、銃声がとどろくのと、転が廊下の板を蹴って高く跳躍するのが、全く同時であった。

その九

転には、すでに、無辺流裏霞に対して、宮本武蔵のごとく、高く跳躍する五体の準備ができていたのである。

弾丸は、転の足下の宙を飛んだ。

「ああっ！　父上っ！」

短銃を撃ち放った者の口から、悲鳴がほとばしった。

対手は槍を杖にして、よろめいたが、ささえきれずに、膝を折った。

弾丸は、その腹部をつらぬいていたのである。

廊下へ降り立った転は、父のもとへ駆け寄って来る若い母親のために、身をさけた。

「父上っ！」

抱き起された老いたる武士は、かぶりをふって、

「よ、よい。こ、これでよい」

と、独言するように、言った。

「父上っ！」

女は、突如、狂ったように、父の手から、槍をつかみとると、転めがけて、突進しようとした。

「糸路、待て！　ち、ちがうっ！　そ、その御仁を討ってはならぬっ！」

父親が、咽喉をしぼって、制した。

「なぜです、父上？」

糸路は、転を、烈しく睨みつけながら、問うた。

「そ、その御仁は、若君じゃ！」

「若君？」

糸路には、咄嗟に、父の言葉が判らなかった。

「若君とは——？」

しかし、父親は、その時、がくっと、首を折っていた。

「父上っ！」

糸路が、槍をすてて、首をかかえた時、その顔は、すでにこの世のものではなかった。

二個の遺骸を安置した部屋には、長い沈黙があった。

転は、又四郎の枕もとに、糸路は、父親の枕もとに、坐りつづけていた。

転は、やがて、外が白んで来る気配をさとった。

転は、口をひらこうとしたが、あまりに長く沈黙をまもりつづけたために、容易に声音が出せない気重さをおぼえた。糸路の方が、さきに、口をひらいた。

「父は、貴方を、若君と呼びましたが、わたくしには、おぼえがありませぬ」

「……」

「夢殿転――という姓名を、ついぞ、父の口から、きいては居りませぬ」

「左様か――それならば、それでよいのです。いまさら、素姓が判ったところで、このわたしがどうなるというものではない」

「……」

糸路は、転を見かえしたが、すぐ目を伏せた。

「それよりも、あらためて、お訊きしたい。お父上は、何故に、斯様なふしぎなくらしをされていたのです？」

しかし、糸路は、それに対して、こたえようとはしなかった。

その十

転は、糸路が立って行った隙に、御殿向から抜け出て、壺庭をつききった。

——おれは、いったい、何をしたのだ！

おのれを責める烈しい悔いが、胸を嚙んでいた。

片柳又四郎を死に至らしめ、本多甚左衛門を殺し、一人で去って行く——このむなしさ！

自嘲するだけでは、すまなかった。

本多甚左衛門は、その末期にあたって、自分を、

「若君」

と呼んだ。

——若君！　この、天涯孤独の素浪人がか！

対手は、こちらの姓名をきいて、はっきりと、そう呼んだからには、錯覚を起したものとは思われなかった。

——おれが、大名の子ででもあるというのか？

転は、物心ついた時、すでに、武蔵野も奥深い多摩川北岸の神代村の古刹・深大寺の預け人となっていた。

深大寺は、この地方でいちだんと格式の高い大寺であった。

深大寺城址の北方、小さな谷間の水田を隔てて、城址と相対する丘陵の中腹にあった。

本堂、庫裏、大師堂、天満宮、白山権現祠、大黒天祠、深沙大王祠、吉祥天女祠、福満童子祠、八幡宮、八剣大権現祠、東照宮などがあり、また弁財天もあった。

小さい乍ら、渓流も瀬音をたてていたし、小鮒のいる池もあったし、四季おりおりに樹木へ飛んで来る小鳥もいたし、転は、一人ぼっちでも、退屈しなかった。

百姓の子たちと遊ぶのは禁じられていたし、住職がつれて行ってくれる家もなかったので転は、元服の年に、勉学のために湯島聖堂へかようようになるまで、全くの孤独であった。

庭掃除の老いた下僕が、唯一の話相手であった。下僕が、いつか話してくれた深大寺縁起は、いまも転の耳にのこるなつかしい挿話であった。

むかし――。

聖武帝の朝、いまの佐須村が、柏野の里といった頃、そこに右近なにがしという長者がいた。

生来非常に狩猟が好きで、多くの鳥けものを捕えて殺した。壮年になって、ようやく、妻をめとらんとしたが、心に協(かな)う娘がいなかった。そのうち、何処からともなく、一人の若い女がおとずれて、じぶんを女房にしてくれ、と乞うた。名を問うと、虎、とこたえた。大層美しかったので、右近は、気に入って、家へ容れて、偕老の契りをむすんだ。起き臥しを倶にするようになると、女は、絶えず殺生の業の罪深いことを説いた。右近もいつか、狩猟を断念するようになった。

そのうちに、一人の娘が生れた。

娘が、十四歳になった時、何処の家の子であるか分明でないが、福満という名前で、屡々恋慕の手紙を寄越す者があった。娘もまた、それに、返事を書いている模様なので、父母は、案じて、青渭(あおい)の湖の小島に、宮をつくって、娘を移した。

福満は、これをきいて、ある日、屋敷内へ忍び入り、湖畔に立った。二十歳ばかりの眉秀でた若者であった。

福満は、玄奘三蔵師の流沙河を渡った古事を思い出して、水神深沙（あるいは真蛇）大王に祈り、もし、池を渡ることができたならば、あがめ祀って、永く湖水の主とする、と誓った。すると、いっぴきの亀が、水面へ浮かび出て来て、福満へ、背中を示した。

福満は、それへ乗って、なんなく島へ渡り、娘とむつび合うた。

この福満夫婦のあいだに生れた男の子が、天質聡明で、長じて、出家して、唐土へ渡り、大乗法相を学び、ひろくふかく仏法の奥義を究めて、帰国した。

すなわち、この深大寺の開基——満功上人が、これである。聖武帝の天平五年に当る。

この話をきいた転は、自分にも、どこかに、恋慕の文をおくるべき乙女がいないものか、としきりに思ったことだった。

「わたしは、どうして、この寺に預けられているのか！」

下僕に、時おり、ふと不審に堪えず、訊ねてみることがあった。

下僕は、存じませぬ、とかぶりをふるばかりであったが、とうとう、ある時、

「お坊っちゃまは、あの深大寺城の御城主様のお裔でございます」

と、土民が城山と呼ぶ前方を指さして、こたえた。

転は、青年に達して、深大寺城に就いて、調べたことがある。しかし、誰が築いたものか、分らなかった。

北条五代記に拠れば、天文六年武州川越の城主上杉朝定は、父朝興が、江戸城を小田原北条氏に奪われ、憤死したので、その弔合戦を為さんがため、深大寺の古い郭を再築して、兵を集めた、と伝えている。

異説があって、上杉朝定の再築したのは、深大寺城ではなく。橘樹郡小机の付近にある片倉神大寺であった、と。

孰れにせよ、転は、深大寺を調べて、ついに、おのが祖先を明白にすることができなかったのである。

夢殿、という姓は、すでに幼時から、持っていた。

転を元服させ、公儀庭番の任務に就かせたのは、御側衆・星野駿河守であった。駿河守もまた、夢殿家がいかなる家柄であるかを、転に伝えることなく、間もなく没した。

いまは、祖廟が何処に埋もれているか、探る気持は、毛頭ない転であった。

素姓がわかったところで、今更、どうなるものでもない、と本多の娘糸路へ語った心にいつわりはなかった。

その十一

転は、海鼠塀(なまこ)の際へ来た。

裏門をくぐれば、石垣に階段が設けられていて、舟着場になっている筈であった。

その時、背後から駆けて来る跫音が近づいた。

「夢殿様――」

糸路の声であった。

転は、ふりかえって、幼児を抱いた姿をみとめた。

夜は、しらじらと明けはなれた。浮きあがった木立の若葉が、目に鮮やかであった。

それを背にして立つ糸路の、血の色のない白蠟のような貌を、転は、美しいものに、視た。

「わたくしを、おつれ下さいませぬか！」

糸路は、そう願った。

「わたしは、そなたの父上を斬った敵だ」

「いえ――」

糸路は、かぶりをふった。

「父は、いずれは、あのようになる運命でございました」

「……」

「それに、父は、貴方様を、若君とお呼び申上げました。理由は判りませぬが、父が、そうお呼び申上げたからには、屹度、貴方様は、わたくしどもの主筋にあたるお家のお出でございましょう」

「わたしは、ごらんの通りの、肉親も縁者も、家も金も、何もない素浪人です。持っているのは、敵だけなのです。赤子をかかえたそなたを、引受けるなど、およびもつかぬ」

「わたくしは、けれども、もう参るところがございませぬ。貴方様に、おすがり申すより、ほかはありませぬ」

「…しかし」

「いえ、途中で、面倒になれば、すてて下さいましても、おうらみはいたしませぬ。

……ひとまず、ここを立退くために、貴方様におつれ頂ければ、と存じました」

「左様か——では」

やむなく、転は、承知した。

糸路母子を乗せて、猪牙を、流れへ出した転は、ゆっくりと、艪をこいだ。

ぎい……

ぎい……

ぎい……

艪音がはるか遠くまでひびいて行くのが感じられるくらい、夜明けの静寂は深いのであった。

水面は、濃く澄んで、しかも、ねっとりと重かった。朝の光がさすまでの、ほんの短いあいだの美しい色であった。

「失礼だが……」

転は口をひらいた。

「その幼児（やや こ）の父になる御仁は、どうなされた？」

「存じませぬ」

糸路は、水面から視線をあげて、かぶりをふった。

「これは、わたくしのこどもではありませぬ」

「そなたの子ではない？」

「はい」

「預った子ならば、親許へかえせばよい」

「それが……父が、お預りしたので、親御が何処のお方か、わたくしは、存じ上げませぬ」

「それは――」

転は、あきれた。

「迷惑な話だ」

「しかたが、ありませぬ。わたくしが、育てるよりほかに、すべはありませぬ」

そうこたえて、糸路は、いとおしげに、すやすやと睡る幼児へ、微笑を与えた。

――わたしも、こういうぐあいに、深大寺へ預けられて、見すてられたのか！

感慨は、そこへ落ちた。

大川へ出て、転の漕ぐ猪牙は、はじめて、ゆっくりと下って来る大きな屋形船に、行き会うた。

舳（へさき）と艫に、武士が二人ずつ、立っていた。これは、髪のかたちと衣服で、寺侍と知れた。

屋形の障子が、三寸ばかり開かれていて、若い女らしい影が、ちらと見えた。

船が、すれちがいがけに、障子の蔭から、女の頭がうごいて、こちらへ、まわされた。

転も、それへ、何気なく、視線を送った。

はっとなった。

お高祖頭巾をかぶっていたが、あらわれている眉目を、隠密として鍛えた転の目が、見まちがえる筈はなかった。

——毘沙門党を指揮していた女！

深川木場の古寺の墓地で、遁してやった女性に、まぎれもなかった。

さいわい、こちらも覆面していて、むこうは、気づかなかった。

屋形船と猪牙は、しずかに水面を切って、行き交うた。

——寺ざむらいにまもられて、どこへ行こうというのか？

疑念が湧いたが、すぐに、払いのけた。

——おれと、関りのないことだ。

遠くはなれてから、転はふりかえってみた。

屋形船は、黒く大きく弧をえがいている新大橋をくぐろうとしていた。

「あの——」

糸路が、呼んだ。

「わたくしどもを泊めて下さるお心当りの家が、ありましょうか？」

「べつに、ないが……」

転は、ちょっと考えていたが、

「多摩川の北岸にある深大寺という古刹をごぞんじか？」

「きいて居ります」

「そこに——」

と、言いかけた時、突如、後方で、だあーん、と銃声が、川面をつらぬいた。

はっとなって、視線を走らせた転は、新大橋の下の、薄くらがりの中で、三艘の舟が、屋形船をはさんでいるのを見た。

いずれも、覆面をした武士が立っていた。

撃たれて、水中へ落ちて、飛沫をあげたのは、寺侍の方であった。

——いかん！

自分とは何の関りもないことだ、と払いのけていた転も、その光景を、目撃しては、すてておけなかった。

凄い勢いで、河岸へ、猪牙を漕ぎ寄せると、転は、糸路に言った。

「ひとまず、深大寺へ行って頂こう。わたしの名を告げれば、しばらく、滞在させてくれる筈です。……ご免！」

言いのこして、飛鳥のように、河岸道へ、躍り上るや、風に似た疾駆を起した。

新大橋の袂に達した時、屋形船は、そこを抜け出て、三つ俣へ走り入ろうとしていた。

舳と艫に立っていた寺侍の姿は、消えていた。

障子は、閉められて、中の女性がどうなったか、わからぬ。

三艘の舟は、左右と後にいた。

完全に、屋形船を、虜にしているのであった。
転は、中の女性もまた、生捕られているような気がした。
——見とどけるか。
三つ俣から永代橋をくぐって、箱崎に入ったら、こちらが、襲撃する場所がえらべる。
そう思った。
だが、屋形船は、そのてまえで、舳先を、河岸へ向けた。
——掘割へ入る。
転は、はっとなった。
その掘割は、転の猪牙が、出て来たところに、ほかならなかった。
——どこへ行くのか？
大小名の屋敷の塀に沿うて、忍び歩き乍ら、転は、尾けた。
昨夜、転と片柳又四郎が仰いだ石垣と海鼠塀が、そこへ来た。
意外にも——屋形船は、その石垣のとある箇処へ寄って、停止したのであった。
——どういうのだ？

すでに、本多甚左衛門は、こちらが斬り仆（たお）している。

その無人の屋敷が、屋形船を虜にした覆面の男たちの、目的の場所であったのだ。

本多甚左衛門と糸路のほかには、何者もいなかったことはたしかである。

——あの者たちが、本多の配下であるとすれば、当然、昨夜も、屋敷内に詰めていなければならなかったのだが……。

遽（にわか）に、転の身の内で、大きな興味が動いた。

——あの石垣は、動くぞ！　水門になっているに相違ない。

転は、直感した。

はたして、石垣の一角が、ゆっくりと崩れて、ぽっかりと、まっ暗な空洞がひらいた。

そして、屋形船を呑むと、また音もなく、水面を盛りあげて、水泡（みなわ）をひろげつつ、巨きな石が、口をふさいだ。

掘割の水は、秘密の水門によって、屋敷ふかく、ひき入れられてあったのである。

転は知らなかったが、この秘密の仕掛けは、先夜、黙兵衛が忍び入った追分の幽霊屋敷の池の中の島に設けられた地下洞の入口と、同じものであった。

転は、ゆっくりと引返した三艘の舟が、小橋のところへ来た時、つかつかと進み出、欄干から、身をのり出した。

「卒爾乍ら（そつじながら）――」

大胆にも、問いかけた。

「ただいまの、おのおの方の所業は、大目付・本多甚左衛門殿の下知によるものか？」

覆面の武士たちは、一斉に、転を仰いだ。

転に与えられたのは、無気味な沈黙であった。

「ご返辞ねがおう！　こちらは、それによって、身の動かしかたをきめる」

転は、促した。

その十二

「貴様、何者だ？」

語気鋭く問いかえす――それが、対手がたの第一声であった。

「元公儀隠密・地の七」

転はかくさなかった。

「ただいまは、素浪人夢殿転と申す」

対手がたは、この名を、はじめて耳にしたらしく、なんの動揺も示さなかった。

「何の理由があって、詮索いたす？」

「もし、本多甚左衛門殿の命令であれば、おのおのがたの所業は、無駄となった」

「なに――？」

「昨夜、あの屋敷に入って、わたしが、本多殿を討ち果した」

「……」

五名の覆面の士たちは、沈黙をまもったなり、無反応の態度を持した。

――はてな？

転の胸中に、大きく、疑惑が拡った。

「わたしが、本多殿を斬った、とつたえているのだ！　いかがだ？」

「……」

やはり、無反応であった。

――ちがった！　あれは、本多甚左衛門ではなかった！

昨夜、転は、槍をかまえた対手に、

「本多甚左衛門殿だな？」

と、たしかめたのであった。

対手は、きっぱりと、

「いかにも！」

と、こたえていた。

――替玉であった。

それでこそ、屋敷内が、無人であったわけが、納得がゆく。

橋下から、銃声が、とどろいた。

転は、耳もとを掠める弾丸に、ビクともせず、

「そうか！　本多殿は、おのが屋敷と見せかけて、ほかの場所に住んでいるのか。……それならば、それで、こちらの動き様がある。……本多殿に、おつたえ願おう。お目付の所業にしては、聊か解せぬ点がある。この夢殿転が、いずれ、その腹黒い、陰惨な所業を、白日の下にあばいてみせよう、と――」

言いすてて、歩き出した。

「待て——」

河岸道へ、とびあがった面々が、眦(まなじり)を決して、つめ寄って来た。

「お手前がたは、親も妻子も持たぬのか？」

転は、平然として、訊ねた。

「泣く者を持っていない御仁だけが、かかって来られい。……容赦なく、斬る！」

転は、なぜか、身の内に、狂暴な猛気が、湧き立つのをおぼえていた。

「やああっ！」

転の腕前を知らぬかなしさで、後刻の自慢にしようと、一人が、正面から、大上段にふりかぶって、だだっと、突進して来た。

あとの者たちは、攻撃者が、転のわきをすり抜けて、一間あまりもつっ奔ったかとおもうや、大きく上半身を傾けて、高い水音をたてた有様に、あっけにとられた。

転は、全く動かなかったのである。

攻撃した方が、かってに、そうしたとしか思われなかった。

いつの間にか、転の右手に白刃が携げられていて、しかも、その切先から、一滴、血潮が地面へしたたるのをみとめた士たちは、ぞっと、戦慄した。

「次は、どなたか?」

転は、無表情で、言った。

「それとも、おとなしく、引退るかだ」

その十三

深い、無気味な水の洞門をくぐった屋形船の中で、中御門織江は、覆面の武士から、短筒をつきつけられていた。

おのが身の自由を買うために、本多甚左衛門の申出を入れて、輪王寺宮にたのんで、三万両を借用して、自らこれを届ける使者となったのであった。

届先は、浜御殿と指定されていたので、夜が明けぬ前に、上野の山を下って、この屋形船で、千両箱をはこんで来ていたのである。

厳重な秘密が保たれていたので、よもや、斯様の襲撃に遭おうとは、夢にも考えてはいなかった。

——どうして。この者どもに、判ったのであろう?

恐怖のかわりに、織江は、不審で、心がいっぱいであった。

「ここは、どこです?」

織江は、怯じずに、対手を見据えて、訊ねた。

「おこたえする必要はござらぬ」

冷やかに、対手は、つッぱねた。

織江は、べつに、小面憎いとも、おぼえなかった。

新大橋の下で、わが身だけをのがれさせることは、さまで困難ではなかった。三万両を持参しているかぎり、それはできなかったのである。

覚悟は、できていた。船は、ものの五間も進み入ったろうか。

織江は、障子の隙間から、彼方で、龕燈(がんとう)が動くのを見た。それをかかげた者が、近づいて来るにつれて、石の天井や壁に、屋形の影が映って、ゆらめいた。

これは、巨大な地下室であった。水面もひろく、船はゆっくりと廻せそうであった。

げんに、船が、二三艘、石垣へ横づけてあった。

「上って頂く」

短筒をつきつけた者が、促した。

「金子と一緒に参ります」

織江は、きっぱりと言った。

龕燈を持った武士が、ふりかえって、十数名の小者へ、

「おい、千両箱を揚げろ」

と、命じた。

織江は、千両箱をかついだ小者を供にしたかたちで、地上へ通じているらしい石段を上り乍ら、背後の会話をききのがさなかった。

「拙者が、到着してみたら、倉辺典馬は、何者かに斬られていた。娘の糸路は、赤子をつれて、行方をくらまして居った。頭領が参られたら、なんと申されるか？　弱ったことになった」

そう告げているのは、龕燈を持った方であった。

「こちらは、寺侍を四名とも、片づけた。……田辺らが、屍骸が流れたかどうか、調べにひきかえして行ったが――」

これは短筒を握っている方の言葉であった。

――頭領？

織江は、あやしんだ。

――頭領とは、何者であろう？

石段は、鉤の手に曲り、かなりの数があり、のぼりきったところに、鉄の扉が閉められてあった。それを開くと、やはり石の廊下であった。まだ地上へは、出ていなかった。

この屋敷の秘密の仕掛が、大層大規模であることは、進むにつれて、織江をおどろかせた。

つきあたった壁は、片手突きで回転したし、入れば、目を瞠らせる豪華な広間であった。

絵入りの百目蠟燭が、幾本も、眩く焔をゆらめかせていた。

「ここで、お待ち願う」

織江のかたわらに、千両箱が積まれた。

ひとりにのこされて、四半刻も、過ぎたであろうか、そのあいだに、織江の前へは、なんのためか、沈丁花の一枝がはこばれていた。

と――。

織江の背後で、微かに軋(きし)る音がひびいた。振りかえると、山水の軸のかかった床壁が、枢(とぼそ)の軋りで、徐々にまわっていた。

そこから入って来たのは、山岡頭巾を被った大兵の武士であった。

「三万両、御持参して頂き、御苦労に存ずる。有難く頂戴つかまつる」

座に就くと、そう言った。

「何者です」

「薩摩藩・梶豪右衛門」

「なんの目的で、奪うのじゃ？」

「これは、したり！」

豪右衛門は、頭巾の蔭で、含み笑いを洩らし、

「姫君には、徳川幕府を倒さんとする遠大な企てを抱かれていた筈。……その壮図が、中途にして、挫折いたし、急に気弱くおなりになったのは、まことにざんねんに存ずる。したが、そこにつけ込んで、公儀目付・本多甚左衛門の脅迫があり、これに応じられたのは、当方にとって、もっけの幸いでござった」

織江は、微かな戦慄をおぼえた。

――この男は、なにもかも知っている！

「で――当方で、三万両は、頂戴つかまつることにいたした。当方は、姫君と志を一つにするものであれば、三万両は、倒幕の烽火（のろし）代と、お心得置き下されたい」

「勝手な申分ではありませぬか！」

そう言いかえし乍（なが）ら、織江は、この梶豪右衛門という人物の口上をきいているうちに、その声を、どこかで、以前に、きいたような気がしていた。どこで、きいたか、容易に、思い出せそうもなかったが……。

「倒そうと企てている敵の手へ三万両を渡すのと、同じ志を持っている味方へ渡すのと、いずれが妥当か――考えなさるまでもござるまい。それとも、性根の芯まで怯懦になり果てて、一身の安全を得たいとおのぞみか？」

「……」

織江は、対手を睨みかえしているうちに、ふうっと、かるい眩暈におそわれた。

梶豪右衛門は、頭巾の蔭から、強く光る双眼を据えて、織江の様子を、じいっと、見（み）戍（まも）っている――

織江は、俯向いて、目蓋をとじて、気息をととのえようとした。

それが、かえっていけなかった。
さらに大きく、波状的な眩暈が襲って来た。
むりに、眸子を瞠いた。
瞬間、膝の前に置かれた沈丁花が、瞳に映った。
はっとなった。
——これだ！
沈丁花の香気の中に、妖しい麻睡のにおいがしこまれてあったのだ。
「痴れ者っ！」
叫びざま、織江は、沈丁花を摑んで、対手になげつけた。
同時に、自身も、意識が、ふーっ、と遠のいた。

その十四

悪夢と知りつつ、織江は、その悪夢を追いはらうことが、できなかった。
もがくにも、もだえるにも、四肢が痺れて、自由がきかなかった。

腕も脚も、拡げさせられていることが、感じられた。これは、はっきりとした意識で、さとった。

慙(は)ずべき姿態なのであった。

……重い！

途方もなく、重いものを、からだの上にのせているようであった。

突然――。

秘所へ、疼痛が来た。抗(あらが)おうとしたが駄目だった。

大きく、堅い、強いものが、からだに、びしっと嵌(は)められて、動かなくなった。

――いけない！

――ゆるせぬ！

はずかしさと、憤りと、悲しさが、渦を巻いて、からだ中を狂った。

からだの中からそれが除かれた時、織江は、ようやく、蘇生した。

目をひらく前に、わが身が、どんなに、無慚な、あわれな、あさましい格好をしているかに、気づいた。

着物も襦袢も下裳も、帯紐をことごとく抜きとられて、はだけさせられていた。

胸から下腹へかけて、ひえびえと、冷気にさらされていた。

汚辱の痛みは、そこにのこっていた。

織江は、なぜか、このあさましい仰臥の姿勢を動かす気がしなかった。

けがれはてた以上、もはや、わが身ではないような気がした。

「起きられては、いかがだ？」

梶豪右衛門が、言った。

織江は、細目をひらいて、対手を見上げた。

すでに山岡頭巾を被り、袴をつけ終えていた。

——この野獣めが、わたくしの操を奪った！

みるみる睫毛の上へ、泪が盛りあがった。

「済んでしまったことだ。……貴女様が、処女であったとはな」

「……」

「この梶豪右衛門を、生涯の良人ときめられても、こちらは、一向にかまわぬが……」

「……」

「犯されたと思うから、無念なのだ。良人を得たと思われるがよろしかろう」

豪右衛門は、ぬけぬけとうそぶくと、猿臂をのばして、拡った裳裾をつまんで、織江の前を掩うてやった。

「ま――とっくりと、勘考なされい」

豪右衛門が立去って、しばらくして、身も世もない慟哭が、織江を襲って来た。


この時、地上では――。

御広敷向にあたる建物の中で、十名あまりの武士たちが、一部屋に、控えていた。

「斬られた倉辺典馬は、旗本であったのか？」

一人が、隣りの者へ訊ねていた。

「知らぬ。旗本ではあるまい。この屋敷の留守居となって久しいことだけしかわかって居らぬ。謎の人物であったというよりほかはない」

「娘は、美しかったな」

「うむ。われわれの仲間から、言い寄る者が出るであろうと思っていたが……」

「いや、あれは、おそろしく気丈な娘であった。それに、赤子をかかえて居ってはのう」

すると、一人が、声をひそめて、

「あの赤子の素姓を知って居る者はないだろう」

と、意味ありげな薄ら笑いを泛べて、一同を見わたした。

「あの娘が生んだのではないのか？」

「莫迦を申せ。……うといな、御一統」

「どんな素姓だ？」

「教えろ！」

迫られると、わざと、じらすように
「あの赤子をかかえてどこへ行ったか？」

「おい、教えぬか」

「教えれば、お主ら、血眼になってさがすだろう？」

「焦らすな、亀井！」

「では、教えよう」

ちょっと間を置いて、

「あれは、去年、松平中務少輔に輿入られた将軍家御息女清姫様が、ひそかに、生みおとされた和子だ」

「なに?!」

一同の面上を、驚愕の色が走った。

「いつわりではなかろうな、亀井!」

「こんな重大な事柄を、冗談で言えるか!」

「父親は、何者だ?」

「さあ、そこまでは、わからぬ。頭領はご存じの筈だ。……ひそかに、御浜御殿で御出産された、という。若年寄の永井美作守が、厳秘の裡に、お生ませしたときいた。そして、頭領が美作守にたのまれて、和子をお預りしたのだ。……いや、美作守のことだ、和子の父親についていては、頭領にも打明けて居らぬかも知れぬ」

その十五

清姫が、黙兵衛につれられて、浅草藪の内の裏店へ、ひき移って来たのは、春もたけなわとなってからであった。

江戸のうちでも、最も貧しい地域であった。

長屋は、何十年か前に建てられたまま、一度も修理されたことのないひどいものであった。住んでいる者は、奥山や両国広小路に出ている芸人、香具師、大道商人、そして職人たちであった。

なかには、小泥棒や掏摸(すり)も交っているようであった。

清姫は、つれられて来た時には、住人たちの好奇な目つきや、耳をつんざくような騒々しさや、なんとも名状しがたい臭気に、気遠くなりそうだった。

「姫様、これも同じ人間のくらしでございます。ごらんになっておいて頂くのも、むだにはなりませぬ」

黙兵衛は、そう言って、清姫に、敢えて隣人たちと交るようにすすめたことだった。

結綿(ゆいわた)に、木綿縮みをまとい、ひわ茶びろうどの腰帯をしめて、町の女の姿になっていたが、気品のある美貌は、かくし様もなく、文字通り掃き溜へ降りた鶴であった。

しかし、住人たちは、黙兵衛が、かくさずに、

「さるやんごとないご身分のお姫様だ」

と、告げるや、高貴な美しいものへの憧憬を率直にしめして、その親切ぶりは、大変

なものだった。

人情こまやかな世界だったのである。貧しさは、貧しいなりのよさがあり、清姫にとって、これは、生れてはじめて教えられるおどろきであった。

御殿の内におけるくらしは、寸分の狂いもない規律によるものだが、そこには、人の血のかよわない冷たさがあった。

この裏店には、騒擾と臭気が満ちているだけで、食うことと寝ることのほかに、なんの作法もなかったが、その猥雑な空気には、あたたかい血がかよっていた。

その日その日のお天道様を仰ぐ顔は、あかるく素朴であった。

清姫が、手桶を携げて、井戸端へ出ると、女たちは、自分たちと身分のちがうお姫様が、けなげにも、裏店ぐらしに馴れようとしておいでだ、という同情を、その振舞いにみせた。

しかも、それは、自然で、なごやかであった。言葉こそ、時として耳を掩いたくなるくらい下品であったが。

清姫は、食膳に就いた時など、

「そなたのおかげで、はじめて、人の心のやさしさが、わかりました」

と、黙兵衛に、礼をのべた。

「転様と、御一緒におなりになれば、こういうくらしを、一生おつづけなさらねばなりますまいが……」

黙兵衛は、言った。

「よろこんで――」

清姫は、心から、そうこたえた。

「おっ、おっ――おうっ！　買った買った。三徳具備の智仁勇だ、女房を質に入れても、この富札には、乗ってもらおうじゃねえか」

大声でどなり乍(なが)ら、一人の若い職人が、裏店へ、入って来た。

「政の野郎、また半纏を曲げて、富札を買って来やがった」

「当るわけがねえやな。大川から針を一本ひろいあげるようなもんだ」

「なにをっ！」

井戸端へ来て、政は、とび出した目玉をくるっとまわした。

「見ろい、こんどは、牌目(ふだめ)が、ちがわい。ちゃあんと、二王門の易者に、うらなっててもらってら。智仁勇だぞ、智仁勇――」

「なにが、智仁勇だ！」

「この番号の中に、ちゃあんと、智仁勇が入っているんだ。易者が、そう言ったんだ」

「あの易者は、あてにならねえ。去年、おれの馴染の吉原の女郎が、くるわをぬけ出して、行方をくらましたんで、うらなってもらったら、水の中だ、と卦を出しゃがった。てっきり、大川の百本杭にひっかかってやがる、と思っていたらどうだ、谷中の古寺の境内で、松の枝へぶら下っていやがったじゃねえか」

「うるせえ。さあ、智仁勇の牌目に乗る奴はいねえか、よう――」

当時、市井の貧しい人々を熱狂させたのは。この富札であった。

神社仏閣において、修復費に宛てる名目で催す富籤興行は、享保十五年に、京都御室仁和寺で行われたのを、最初とする。それが、年々盛んになって、江戸においても、三十箇所で行われるようになっていた。

谷中の感応寺、目黒の泰叡山、湯島の天神――この三箇所を、江戸の三富といい、天下に鳴りひびいていた。

その方法は――。

寺社では、まず、千枚の富札を作る。木札と紙札が一対となっていて、木札を原牌、紙札を影牌、という。これを、松竹梅とか、十二支とか、春夏秋冬とかの各部にわけて、番号を印す。

売り出されるのは、影牌の方で、原牌は、大きな六方匣の中に納めておく。

影牌は、市中の札屋に、利鞘をとらせて、売りさばかせる。一枚売りがたてまえであったが、割札といって、貧乏人たちは、一枚に何人か乗ることもできた。三富の場合は、買手が殺到したために、売値よりも高い代で求められた。また、蔭富といって、当籤番号を標準として、輪贏を決する方法も行われていた。

抽籤日になると、六方匣を、本堂あるいは、拝殿の広縁に据えつける。

これを充分にゆさぶっておいて、上部に穿った孔へ、錐を突入れて、原牌を刺して、ひき出す。これを、富突きという——。

当りは、百番までで、一番から百番まで、それぞれ、等級がつけてある。

「おい、誰もいねえのか？　ちょっ、どいつもこいつも、しけてやがる。明日またる宝船——帆をあげて、乗り出したばかりだぞ。乗らねえか」

政は、どなりちらしたが、一向に反応がなかった。

「ええい、めんどうくせえ」

政は、富札を、てのひらへのせると、恰度井戸端へ出た清姫へ、

「へい、お嬢様、さしあげますでございます」

と、さし出した。

「おう、気前がいいのう、政」

一人がひやかすと、

「べらんめえ、こちとら、まだ三徳具備の御身分じゃねえんだ。こういう縁起のいい札は、お嬢様のような天女の再来に持っていて頂いてこそ、当りくじになるんだ」

「えれえっ！　男っぷりが上ったぞ」

「生れた時から、あがってら。お嬢様、どうかお納め下さいまし」

清姫は、それが、どんなものか判らないままに、ためらった。そばから、隣家の女房が説明した。

「そのように大切な品を、頂くわけには、まいりませぬ」

清姫が、ことわると、政は、頭をかいて、

「へへへ、実はね、これは往来でひろったしろものなんで……」

「あきれた野郎だ」

うしろから、誰かが、政の頭を小突いた。

清姫は、微笑して、

「もし、当りましたら、この長屋のみなさんで、わけましょう」

と言って、預った。

その十六

「なに？　富札が盗まれた？」

谷中感応寺の方丈で、愕然と顔色を変えたのは、住職日尚であった。

この寺院は、江戸城本丸の高級女中たちの熱烈な支持を受けている法華寺であった。

当時、柳営においては、本丸の女中は日蓮信仰、西丸の女中は、浄土信仰とわかれていた。本丸の題目女中と、西丸の念仏女中が、犬猿の間柄であったことは、想像するに容易である。奥女中の宗旨贔屓は、しぜんに、寺院の勢力を上下させる。

谷中に多い日蓮宗寺院は、当将軍の左右に信者を持ち、本丸女中の声援を得て、大いに繁昌している。就中、この感応寺は、近く、将軍家御祈禱所として指定されようとしていたので、その勢力ぶりは、凄じかった。

感応寺は、もともと法華寺であったが、元禄のはじめ、三田の中道寺、四谷の自証寺などとともに、不受不施義を執する科（とが）によって、当住が遠流に処せられて、上野の御門主大明院宮公弁法親王の御預りとなり、天台宗に改めさせられていた。それを、百四十余年後になって、日蓮宗の命令があったのである。

御殿女中たちの働きであった。

江戸三富の一である富籤興行の利得を、本丸女中たちは、わがものにしたかったのである。

感応寺の富籤は、毎月行われ、年額三十万両に達する。

御殿女中たちは、興行の利得ばかりか、その富突きにも、カラクリを作って千両箱を、着服しようと企てていた。

そのカラクリの不正富札が、いつの間にか、盗まれた、という。

住職日尚が、色を喪ったのは、当然であった。

対坐しているのは——。

公儀隠密「天の三」と称する男であった。

「何者に、盗まれましたぞ！」

「それが、判らぬのです。曲者が、本丸大奥に忍び入ったことは、たしかです。富籤に不正があると知った者のしわざに相違ない」

「で、では、西丸の何者かが、盗んだ、と考えられますな？」

「さあ？」

「興行を、中止いたすわけには参らぬし……弱り申した！」

日尚は、がっくりと肩を落して、溜息をついた。

「懸念されるのは、千両箱を奪われることよりも、この興行が不正であると、世間へ知らされることです。その企みを、盗んだ者が抱いているとすれば、事故を申立てて、中止するよりほかはありますまい」

「い、いや、中止すれば、かえって、疑惑を持たれよう、……それよりも、当籤を持った者を後で、捕えて、吟味して頂くことじゃ」

「もとより、そのつもりで居りますが——」

春の埃を、もうもうと舞いあげて、数千の群衆が、感応寺境内に、蝟集した。

本堂の広縁に設けられた富突場には、青あたまの納所たちが、六方匣をまもって、立っていた。

「どうだ、ゆうべの夢見は？」

「ちゃあんと、千両当った夢を見てら、しかも、八幡前の茶屋女と、両国の舟宿で、首尾し乍(なが)らの夢見だあ。お仙といってな、石の地蔵の再来か、といわれる程のかたいのを、くどいて、まんまと、首尾したんだから、ついてらあ」

「嘘をこけ。てめえ、泥酔いしやがって、大方、日本堤あたりで、狐に化かされて、ほんものの石地蔵を抱いてやがったろう」

「へへ、そねめそねめ。この指が、おぼえていらあ。水色の湯もじを、するするっと捲り上げて、むっちりした餅肌の内股へ、すべり込ませてよ——簸があたるように、くじってやったと思え。あいては、くじられて、泣いて、片袖を噛んで——へっ思い出しても、こてえられねえ」

金襴衣をまとった年配の僧が現われて、念珠をまさぐり乍(なが)ら、題目をとなえはじめるや、境内は、急に、ひっそりとなった。

いよいよ、富突きがはじまるのである。

一人のこらず、固唾をのんで、錐を持った僧の一挙手一投足へ、食いつくような欲深な眼眸を当てて、待つ。

匣の孔から原牌を刺した錐を抜き出して、高らかに、読みあげられると、どっと境内は、どよめいた。

当り数は、百本である。したがって、百回、錐が、原牌を刺して、抜き出される、百回目が、突き留めといって、最高金額千両である。

第一回、第十回、第二十回、と桁の最初が、二百両であった。

「うわあっ！　当った！　畜生っ、今日から、宗旨がえして、題目をとなえるぞっ！　念仏なんざ、くそくらえ！」

と小躍りする者もあれば、

「へっ！　おいら、これで、四十九回も買っているんだぞ。日蓮の野郎、なんぞ、おいらに恨みでもあるんじゃねえか」

と、ぼやき乍ら、紙札をひき破る者もいた。

群衆のちょうどまん中頃に、黙兵衛の無表情な顔が、見受けられた。その懐中には、清姫から渡された富札があった。

　一刻が過ぎた。

「これより、突き留めえ――」

　掛声とともに、境内は、わああっと、喚声が渦巻いた。

　もしかすれば、自分の持っている富札が、千両になるかも知れないのであった。

　千両！

　一生、安楽に、左うちわでくらせる大金である。妾の二人も囲える身分になれるのだ。

「南無妙法蓮華経！」

　期せずして、あちらこちらから、その唱えが起るや、一斉に、和した。太鼓を持ち込んでいる者もあり、どんつくどんつく、どんつく、叩きはじめた。

　突き手が、錐をかまえた。

　とたんに、境内は、水を打ったように、しんと、静寂にかえった。

「千両富っ！」

　突き手から、原牌を受けとった読み手が、それを高く捧げて、そう呼ばわるや、数千の胸は、烈しく動悸うった。

「松の、七百八十、七ばあーん」

三度くりかえしたが、三度めは、もうどよめきで、ききとれなかった。

群衆は、きょろきょろとまわりを見まわして、近くに当った奴はいないかと、さがした。

どの目も、好奇と羨望と嫉妬で、光っていた。

どこからも、歓喜をあふらせる者が、あらわれなかった。

「やいっ！　もったいぶるねえ！　はやく、名乗り出ろい！」

「あんまり、うれしくって、声が出ねえのか？」

「そこいらで、気を失ってやがるんだろう」

「おれが、代って、千両箱をかついでやらあ」

人波がくずれて、山門へむかって、流れはじめた時、黙兵衛が、しずかな足どりで、広縁へ近づいて行った。

「松の七百八十七番でございます」

そう言って、富札を、さし出した。

僧の一人が、受けとって、あらためると、

「たしかに、相違ござらぬ」

と、みとめて、小坊主に合図した。

千両箱が、はこばれて来た。

本堂の板戸の蔭から、数人の鋭い目がじっとそそがれているのを、気づいているのかいないのか、黙兵衛は、全くの無表情で、千両箱を受けとった。

その十七

どこまで、歩いても、寺の土塀がつづいている大層淋しい地域であった。

――よくも、まあこんなに仏の寝場所ばかり、たくさんつくりやがったものだ。

千両箱をのせた駕籠のわきを、歩き乍ら、黙兵衛は、胸のうちで、呟いていた。

とある辻へ来て、急に、黙兵衛の心身がひきしまった。

いくたびも死地をくぐり抜けて来た人間が備えている、ふしぎな直感力であった。

感応寺で、千両箱を受取る時に、なぜか知らぬが、ふっと、不吉な予感をおぼえていた黙兵衛である。

これまで、偶然の幸運をひろったおぼえのない男が、籤が当ったのである。その瞬間は、

——こりゃア、お姫様の御運だ。

と、思ったことである。

だから、べつに、おどろきもせず、平気で、広縁へ寄って、富札をさし出したのであった。

ところが、ずしりと重い千両箱を、両手にしたとたん、

——はてな？

と、不審をおぼえたのである。

——妙だな、これは！

黙兵衛は、大きな屋敷をえらんで、忍び入る盗賊である。これまで、いくたびも、持主に無断で、千両箱を持ち運び去っている。

盗み出す千両箱よりも、こうして、誰にはばかるところもなく、手にする千両箱が、二倍にも重く感じられたのである。これは、たしかに妙であった。

——わしも、ひねくれたものだ。

その時、自分を苦笑したものであった。

どうやら、自分がひねくれていたのではないようである。

黙兵衛は、辻の左右の道筋から、あきらかにそこで待ち伏せていたとわかる態度で現われた覆面の数士に、行手をさえぎられると、

——こういう筋書だったのだな。

と、薄ら笑った。

駕籠舁きは、そこへ駕籠を置きすてると、逃げてしまった。

黙兵衛は、平然として、頭巾の蔭から放たれる鋭い眼光をわが顔へ聚め乍ら、立っていた。

「町人！」

一人が、迫って、

「当り籤を、どこから入手した？　申せ！」

「なんのおたずねでございましょうな」

黙兵衛は、わざと、とぼけた口調になり、

「てまえが、まるで、悪い事をして、富札を手に入れた、とでも仰言りたいように、きこえます」

「つべこべ申さずと、ありていに、入手の仔細を申せ」

「仔細など、べつにございませぬ。富札が売り出された。だから、むりして買った。それだけのことでございます」

「言うな！　貴様、盗賊であろう！　その身ごなしは、隙がないぞ！　ただの町人ではない」

――あまり強そうではないが、視る目を持っている。

黙兵衛は、ほめてやりたかった。

「てまえが、どこで、盗んだと仰言います」

「大奥へ忍び入ったであろう？」

「御冗談を――」

黙兵衛は、笑ったが、肚の裡では、これは何か重大な失態が起っているな、と察知した。

「それとも、大奥の女中のうちの、何者かにたのまれたか？　共謀（ぐる）か」

「旦那様がた――」

黙兵衛は、様子を革めた。

「何も知らぬ人間に、迂濶に、御自分がたの秘密のカラクリをお洩らしなさって、よろしいのでございますかね？」

「なにっ！」

「ふふふ……千両箱を頂戴した時、少々ばかり重すぎた。とんだ無駄骨だった」

言いざま、黙兵衛は、片足で、駕籠の中を蹴った。

千両箱が、地べたへ、ころがり出た。

「どうだ、この音は。小判の詰った音じゃない。石ころだ」

そう言いはなって、黙兵衛は、くるりと踵をかえすと、歩き出した。

「待て、曲者！」

気早やに、二人ばかりが抜刀した。首だけまわした黙兵衛は、

「曲者は、そちら様じゃございませんかね」

「うぬっ！」

一人が、だだっと間合を詰めて、大上段にふりかぶるや、黙兵衛は、すばやく、懐中

から、短銃を抜き出した。

「こういう場合に、こちらには、こんなしろものを用意して居りますよ」

小さな銃口が、六名の壮漢をその場へ釘づけにした。

「そうそう、そういう具合におとなしくして下さりゃ、お怪我もなさらず、御家族をなげかせずにすみなさる。……ついでだから、石ころの詰った千両箱を頂戴して参りましょうか。とにもかくにも、当り籤だったことは、まちがいないのだ。長屋の連中に、その証拠を見せて、一応納得してもらわなければなりませんからねえ」

黙兵衛は、ゆっくりと、そこへ歩み寄って、小脇にかかえあげた。

「旦那様方、では、御免下さいまし」

次の瞬間、身をひるがえして奔り出した——その迅さは、空手の者も到底およばぬものであった。


「まあ！　当ったのですか！」

目をかがやかせる清姫に、黙兵衛は、かぶりをふった。

「当ったのは当りましたが、中身は石ころでございますわい」

「え？　石ころ?!」

「ちと、重さがちがいますのじゃ。どうやら感応寺の千両富には、大奥の御女中衆と坊主が結託した、怪しい陰謀がからんで居るようでございます」

そう言い乍(なが)ら、黙兵衛は、千両箱の蓋を開けた。

瞬間、二人の目を射たのは、燦然たる黄金の光であった。

ともに、息をのんで、顔を見合せた。

それは、小判ではなかった。しかし、金貨であることに、かわりはなかった。

竜を模様にした絵銭であった。

黙兵衛は、つまみあげて、ひくく呻いた。

これと同じものを、以前に、手にしたことがある。

新太という巾着切が、山谷の塩入土手で、畑の中からひろった子供たちからまきあげたのを、さらに、黙兵衛が、取りあげて、転に示したことがある。

大奥帖の表紙に描いてあった絵銭である。

——どういうんだ、こりゃアいったい？

首をひねったところで、判ろう道理のない謎であった。

「お姫様、この銭について、何かお思い当りになることはございませぬか?」

黙兵衛は、訊ねた。

清姫は、それを、てのひらの上へのせて、じっと、目を落していたが、

「ずっと、むかし、一度見たような気がいたしますが……思い出せませぬ」

と、こたえた。

「さて——わからぬ!」

黙兵衛は、腕を組んだ。

感応寺の僧たちが、千両箱に、絵銭を詰めたのであろうか?

もし、そうだとすれば、当り籤の番号は、すでに、わかっていて、千両箱を受けとる人間がきまっていた、と考えられる。

だからこそ、意外にも、えたいの知れぬ男が、その札を持っていたことが、寺側を狼狽させ、追手を向ける仕儀となったのであろう。

それにしても、どうして、富籤の千両箱に、この絵銭を詰めなければならなかったのであろう。

実は、この秘密は、寺側でも、夢にも知らぬことではないのか? 何者かが、そうし

なければならぬ必要に迫られての仕業ではなかろうか。

「この謎は、転様に解いて頂くよりほかはあるまい」

そう独語して、黙兵衛は、千両箱の蓋を閉めた。転の行方は、不明であった。

黙兵衛は、どうにかして、転をつかまえて、清姫と再会させようと、毎日捜しまわっているのである。

その十八

同じ日——。

転は、再び、その屋敷の中へ、忍び入っていた。

陽の高いうちに、塀を越えたのは、夜は必ず空屋敷になると考えたからであった。身の危険はいとわぬ男であった。

庭の一隅の木立の中に立って、見渡してみれば、手入れはゆきとどいて、美しい眺めであった。

但し、彼方の建物は、雨戸が閉められて、しんとしている。

——はたして、この屋敷に、本多甚左衛門が、姿を現わすことがあるのか？

疑問は、深かった。

しかし、転が、数日のあいだにさぐってみた限りでは、本多甚左衛門の住居は、この屋敷よりほかには、何処にもなかったのである。

住居と称し乍ら、住んでいないことは明らかである。ほかに、秘密の隠れ家があるのだ。公儀目付という職業柄、そういう用心深さも、必要であろう。しかし、転が耳にしただけでも、その行動は、あまりに陰険で、秘密のにおいが濃すぎるのであった。

亡くなった片柳又四郎が言ったごとく、本多は、未だ曾て、ただの一度も、公の席に姿を現わしたことがない。登城下城も、定刻を避けているというし、直接の下僚の徒目付、小人目付、徒押えたちも、覆面をした主人以外は知らない、という。

妻子も持たず、親族とも交際を断ち、日常のくらしをすべて濃霧のような暗中にかくして、いったい、本多は、何を企図しているのか？

転が、これまで出会うた事件には、必ず、本多の存在が、みとめられている。

三年前、清姫を加えた献上鶴行列が、京へ向った時、献上奉行は、本多がえらんだ人物であった、ときいたおぼえがある。

信照尼・千枝が、芝愛宕山で、将軍家のために、手ごめに遭うたのも、本多によって選ばれたためであった。

清姫が、松平中務少輔に輿入れさせられたのも、本多が蔭から工作したからであった、という。

怪しいのである。

公儀に関する一大事ならば、若年寄永井美作守の采配によって、本多は動いているのが当然であろう。その気配がないのである。むしろ、美作守をさしおいて、勝手に策略を用いているふしがある。本多が使っている配下は、公儀隠密たちとは、別の連中である。公儀とは無関係の腕の立つ武士たちを集めているようであった。浪人も交っているようであったし、西国訛のある勤番とおぼしい者も加わっているように見受けられた。

転は、本多もまた「大奥帖」ならびに「天皇帖」を狙っている一人に相違ない、と断定した。

すなわち――。

転が、碩学風巻研堂（せきがくかざまきけんどう）の知恵を借りて、ほぼ想像し得たところでは、秘帖の内容は、どうやら、拿捕した異国船の積荷の処置に関するもののようであった。ふたつの秘帖をてらしあわせると、その貴重な品々の多くが、禁廷と大奥へ献上される前に、何処かへ匿されたことが、明らかとなるのではないか?

本多は、それを知って、ひそかに、隠匿されたその品々を私有せんと、狙っているのではないのか? 清姫を献上鶴行列に加えておいて、故意に鶴を毒殺して、責を負わせて、京の比丘尼御所へ送り込もうと企てたのは、その比丘尼御所にしまわれてある「天皇帖」を奪わんがための一手段であり、それが、本多の頭脳から出たものと、考えるのは、早合点すぎるであろうか?

また、異国船取締りに任じた松平家へ、清姫を輿入れさせたのも、そこに目的があったのではなかろうか?

転は、おのれの推理が飛躍しすぎるのを警戒しつつも、目を向けてゆくところに存在する本多を、疑わないではいられなかった。

永井美作守は、幕閣内の最大の権力者とはいえ、陰険な策謀を弄する人物ではない。これまでの行状を観ても、敵を追い落すのに、正面から堂々と迫って、これをなしているのである。「大奥帖」と「天皇帖」をもとめることにおいては、最も熱心たらざるを得ない立場にあり乍らも、聊かも焦らず、隠密たちを使うのも、よほどの場合に限っている。こちらからおもむけば、条件を容れて、こたえるべきことはこたえてくれている。清姫を暗殺し、松平中務少輔をほろぼさんと図っているのも、あるいは、「大奥帖」と「天皇帖」を闇に葬って、意外の騒動が起るのを未然にふせぐためかも知れぬ。すくなくとも、そこに私心は働いていない、と察しられるのである。

本多甚左衛門は、疑いもなく、この美作守の心を裏切った行動をとっている。転は、当面の敵が、本多である、ときめたのである。

——やはり、何かの用事が起らぬほかは、空屋敷にしておくのか？

木立の中で、しばらく、建物へ視線をそそいでいた転は明るい陽ざしを受けているたたずまいに、なんの怪しい気配もひそんでいない、と見てとった。

毘沙門党の女頭領を、生捕って、秘密の水門から、屋敷内へ拉致したのを、見とどけているが、そうした場合にのみ、ここは使われるのかも知れなかった。

もはや、あの女は、何処かへ連れて行かれたに相違ない。

——徒労か。

おのれに呟いて、転は、木立から、出た。

だいたんにも、身をかくさずに、ゆっくりとした足どりで、建物へ向かった。

もし、人がいるならば、こちらが姿を現わすことで、動いてくれるであろう。

雨戸へ近づいた。この時、はたして、気配が、背後に起った。

しずかに、首をまわした転は、そこに、意外の人物を見出した。

十六夜十兵衛――その強敵であった。

「……」

「……」

両者は、三間の距離をたもって、じっと、凝視し合った。

闘いは、その瞬間から、開始されたといってもよかった。

「やはり、来たな！」

十兵衛が、押し出すように言った。

「やはり――？」

「そうだ。貴様が、必ず、やって来ると、告げられていた。だから、おれ一人で、待っていた」

「誰に、告げられた」

「おれを傭った人物だ！」

「お主は、本多甚左衛門にやとわれたのか？」

「ちがう」

「ちがう？　では、何者にやとわれた？」

「誰にやとわれようと、こちらの勝手だろう。……おれは、貴様と立合って、勝てばよい。それが、おれの生きる唯一の冥加となっているのだ」

その十九

十六夜十兵衛は、すっと一歩退ると、抜き討ちの身構えをとり、

「抜けっ、夢殿転！」

と、叫んだ。

転はなお、両手をダラリとたらしたまま、

「挑まれれば、拒みはせぬが、その前に知っておきたい。わたしが、この屋敷にやって

来ることを、お主の傭い主が、どうして予知していたか——」

「おのれの胸に問え！」

「左様、私は、本多甚左衛門の配下にむかっては、わが名を名のっておいた。その面々が、待ち構えていたのであれば、筋が通る。お主は、本多甚左衛門に傭われていては居らぬ、という。それにも拘らず、どうして、私を待ちうけていたか、だ」

「そんな疑問は、どうでもよかろう」

「どうでもよくはない。わたしにとって、これはすておけぬ不審だ」

「ふん——」

十兵衛は、冷やかにせせらわらったが、

「おれを傭ったのは、薩摩屋敷の重役・梶豪右衛門という男だ。そうときけば、納得がゆくのか？」

「薩摩屋敷の——？」

転は、眉宇をひそめた。ますます不審な話であった。

島津藩の重役ならば、公儀お目付とは、氷炭相容れぬ敵対の極端に立っている。

両者が、気脈を通じ合っているとは、全く信じられぬことであった。

「お主、ここが、公儀お目付・本多甚左衛門の預り屋敷と知っているのか？」

「知って居る」

「知っていて、薩摩の重臣に使嗾されて、ここへ来たことに、なんの怪訝も湧かさぬのか？」

「おれの、関り知ったことか！　おれの敵は、夢殿転——貴様一人あるのみだ。そのほかのことは、公儀と島津が密約を交そうが、交すまいが、そんなことは、どうでもよい」

「いまのわたしの立場は、好むと好まざるとに関らず、お主のように自我の放肆のままに行動をゆるされては居らぬ」

「ふん、小ざかしくも、知命の士は利を見て動かず、などと、夫子自ら道いたいのか？」

「そうではない。わたしは、いまだ、己を知っては居らぬ。したがって、自ら勝つ彊のさとりもない。ただ身にふりかかる火の粉をはらっているうちに、一旦の依怙をすてなければならなくなった。……すなわち、お主と、雌雄を決することに、血はわきたたぬ。生命が惜しい。なさねばならぬ目的があるからだ」

「言うなっ！　なさねばならぬ大事があるならば、この十兵衛の屍を越えて、なせ！　抜けっ、抜けいっ！」

叫びざま、十兵衛は、目にもとまらぬ迅さで、はや、一剣を、地摺り下段につけた。

転も、やむなく、差料の刳形(くりがた)へ、左手をつけ、鯉口を切った。

「行くぞ！」

十兵衛は隻眼を、凄じく底光らせた。

「……」

転の表情はかわらず、やや、皮膚の色を沈めた。

この前の決闘においては——。

十兵衛は、清眼破の独妙剣を使わんとして、敗れさっている。しかし、その敗北は、目撃者無風亭闇斎の一喝をくらったためであった。

もし、闇斎によって邪魔されていなければ、あるいは、十兵衛は、転を、まっ二つに両断していたかも知れない。

——今日こそ、こやつを！

十兵衛は、肚裡で、叫んでいる。

しかし、あの時とちがって、十兵衛の剣を持つ手は、左腕一本であった。

清眼破は、大刀で凄じく撃ち込んでおいて、反撃して来た敵に向って、小刀を、居合抜きに抜きつける秘妙の業である。

隻手をもってしては、これは、なし得ない。すなわち、清眼破は、使えないことになる。

のみならず――。

あの時は、転は、二年余を、陽のささぬ暗黒の地下牢にすごしたために、体力に限界があった。いまは、心身ともに、もとにもどって、充実している。

条件において、転の方が、まさっていた。

にも拘らず、執念の鬼となった十兵衛は、転を殪（たお）さずには息（や）まぬ猛気を全身にみなぎらせていた。

いわば、清眼破の独妙剣を喪（うしな）っても、闘いの刹那に、われも知らず敵も知らぬ意外の秘技が、発揮される――その不遜なまでの兵法者のすて身の期待を、その一剣にかけているのであった。

これは、しかし、おそろしいことであった。

尋常の立合いではなかった。十兵衛にとって、この闘いは、勝つことではなかった。相討ちになろうとも、対手を殪すことであった。おのれの生命は、すでに、剣を抜いた瞬間に、すてているのであった。

「……」

「……」

間合が、潮合きわまる一瞬のために、じりじりと、詰められた。

いつか、十兵衛の剣は、中段になり、転のそれは、八相に移っていた。

……運命というものは、自ら、天心にしたがうものであろうか。

転と十兵衛の闘いは、ここに、三度び中止されなければならなかった。

ふいに、間近で、うつろな笑い声が起り、はじかれたように、両者は、跳び退った。

燃えるような緋の長襦袢の裾を長くひいて、ふらふらと歩み寄って来たのは、中御門織江であった。

地下の広間にとじこめられていたのを、どうやって抜け出して来たのか、すでに狂った心は、そのよろこびをあじわうことも知らず、乱れ姿を、庭に降り立たせたのである。

転は、一瞥して、この上臈が、この屋敷へ連れ込まれて、どんなはずかしめを受けたか、ほぼ想像がついた。

眉宇をひそめて、いたましげに見戍(みまも)った転は、次の瞬間、

「ならぬ！」

と、叫んだ。

十兵衛の剣が、織江めがけて、振り下されようとしたのである。

咄嗟に、織江を蹴倒して、十兵衛がこれを斬れば、こちらの剣は、その隙を襲うぞと、転は、青眼につけた。

やむなく、十兵衛は、舌打ちして、剣を引いた。

地べたに、俯伏した織江は、そろりと首を擡(あ)げて、転を窺(うかが)ったが、突然、

「おのれ！」

と、叫びざま、むしゃぶりついた。

「か、かえせ！　……かえせ、痴(し)れ者！」

転は、胸もとへ、鋭い爪をたてられるにまかせ乍(なが)ら、

「何をかえせという？」

「何を、とは……おのれ、盗人たけだけしいぞ、梶豪右衛門め！」

「なに！」

転は、その名をききとがめた。

「梶豪右衛門、といったな、そなた？」

「おのれが、梶豪右衛門でなくて、何者であろうか！　かえせ、さ、かえせ！」

「何を、かえして欲しいのだ？」

「おのれ、おのれ……人非人め！　外道め！」

狂った哀しさは、いま、むしゃぶりついている対手が、いつか孤独の心に宿った俤の男とは気づかないのであった。

「そうか、操をかえせ、というのか」

転が、はっきりと口にすると、織江は、息をひいて、じっと、瞶めかえしていたが、みるみる睫毛の上へ、泪の玉をふくれあがらせた。

転は、両手で顔を掩うて蹲る織江から、視線を、十兵衛に移すと、

「わたしが、好むと好まざるとに拘らず、辿らねばならなくなった途すじには、こういうぐあいに、あわれな女性が、待ち受けている。おわかりか？」

と、言った。

「ふん——」

十兵衛は、白刃を鞘におさめると、

「くりかえしておくぞ！　おれの生きる唯一の冥加は、貴様を斬ることだ。忘れるな！」

そう言いのこした。

その二十

うごくともなく朝霧がうごいて、薄い白い幕が引かれるように、武蔵野の緩い傾斜の丘陵を、徐々に、浮きあがらせて来た。

とみるうちに、霧は、さしそめた赤い陽ざしに追われるように、しばらく、疎林のいただきをたゆとうていたが、目ざめた小鳥のはばたきに散らされてしまった。

春の朝のながめは、美しかった。

陽ざしは、地上に盈（み）ちた。

渓間（はざま）から丘陵へ移る薬研形の坂路から、古い俚謡をうたうきれいな声が、ひびいて来た。

生れ来たりし
いにしえ問えば
君に契れと
夢にみた
闇夜なれども
忍ばば忍べ
伽羅の香を
知る辺にて
…………

本多邸から出て来た糸路であった。
そのせなかの幼児は、つぶらなひとみをひらいて、梢をとび移る小鳥を仰いでいたが、
「ちっち……ちっち……」

と、うれしそうに、声をあげた。

糸路も、唄を止めて、顔を擡げた。

「あ——ほんに、夢みたいな鳥ですね、若さま」

「ちっち……ほしい」

「ほほほ、それは、ごむりですよ。つかまえるのは、たいへん」

「いや、いや、いや……ちっち、ほしい」

幼児は、だだをこねた。

「はいはい、では、つかまえてあげますよ。もうすぐ、着きますからね。そうしたら、そのお寺の小坊主さんにたのんで、つかまえてあげましょうね」

やがて、糸路が、のぼり着いたのは、亭々たる杉木立の中に、しんとしずまった古い寺院であった。山門も大きく、境内も広かった。

夢殿転に身を寄せるように言われた古刹深大寺であった。

本堂の前にぬかずいて、祈りをこめた糸路は、ふと、気づいて、ふりかえると、よちよちと歩いていた幼児が、一人の年寄の前に立って、にこにこしている。

もう七十を越えていよう、なんの役にも立たず、庭掃除だけの下僕のようであった。

からだをふたつに折って、幼児と顔をつき合せ乍ら、相好を崩していた。

幼児は、もみじのような手で、老爺の皺面にふれた。

「ふ……ははは、坊やは、まるで、三十年前の転様に、生写しじゃわい」

糸路は、近づきかけて、その言葉をききとがめた。

「もし……」

呼びかけると、老爺は、皺まぶたをまたたかせて、見かえした。

「は、はい」

「お爺さんは、いま、転様と言いましたね？」

「はい、申しましたわい」

「夢殿転様のことですね？」

「左様でございます」

「転様は、この寺で、幼い頃をおすごしになったのですか？」

「てまえがな、お育て申上げました」

「そうでしたか」

糸路は、偶然をよろこんだ。

「では、お爺さんは、転様が、どういう素姓のお生れか、ご存じですね？」

すると、たちまち、老爺は、警戒の表情をつくった。

「わたくしは、怪しい者ではありませぬ。わたくしの父が、転様を、若君と、お呼びしたのです」

「貴女様のお父上様が……？」

「ええ、わたくしの父は、河合藤左衛門と申しました」

「……」

老爺の顔面が、驚愕で、烈しく痙攣した。しばらくの沈黙を置いてから、老爺は、

「こちらへ、おいでなされませい」

と、促した。

糸路が、みちびかれたのは、方丈の書院であった。

やがて、あらわれたのは、これも古稀を迎えているに相違ない老僧であった。

「河合藤左衛門の御息女の由」

「はい、糸路と申します」

住持は、その膝の幼児へ目をとめて、

「お子ですかな?」、

「いえ、お預りした和子でございます」

「転様に、生写しじゃが……」

住持は、下僕と同じことを言った。

「転様の和子ですかの?」

「い、いえ……。でもそんなに、転様に似て居りましょうか?」

「拙僧が、お預りした時、転様は、恰度これぐらいでござった」

「失礼乍(なが)ら、わたくしは、河合藤左衛門の女(むすめ)ではございますが、転様の御素姓を存じあげて居りませぬ」

糸路は、転と出会ってからのいきさつを、包まずに語って、その素姓をうかがわせて頂けまいか、と願った。

住持は、しばらく、目蓋をとじていたが、やがて、ひくく、

「転様は、琉球国中山王のお子で、あらせられる」

と、打明けた。

「え?」

糸路は、目を瞠った。

二十九年前のことである。

琉球国に於ては、前中山王が老齢のために隠居し、新に即位した若い中山王が、薩摩守斉宣と帯同して、はるばる、出府して来た。

その折、中山王は、当歳の嫡子伊舎堂王子をつれていた。

琉球人登城は、慶長十一年、島津家に属して以来、その代替毎に、あった。しかし、近年にいたって、来貢せず、再三催促したが、一向に承引しなかった。

ところが、このたび、島津家では、城代家老がじきじきに、琉球におもむいて説得し、出府にこぎつけたのであった。

その行列は、ものものしく、讃儀官、儀衛生、正使使賛、副使使賛、楽征、掌翰使ら二十余名に加えて、琉球音楽の一団五十余名がしたがっていた。

献上物は、山のように持参された。

大広間に於て、将軍家は、中山王と並んで挨拶を交し、楽童子の舞踊を見物したのち、白銀五百枚、綿五百把、ほかに惣従者へそれぞれ時服三ずつ、贈った。

一行が泊ったのは、芝の松平大隅守屋敷であった。滞在は、十日間であった。

愈々、明日江戸を去るという日に、突然、嫡子伊舎堂王子の姿が、消えたのであった。

大変な騒ぎになって、警衛方は血眼になって、捜索したが、ついに、行方は知れなかった。

中山王は、賢明にも、これは、幕府が故意に、人質としてさらったものと看破して、無念の泪をのんで、予定通りに、江戸を去った。

夢殿転は、すなわち、その伊舎堂王子であった。

そして、大隅守邸から、ひそかにつれ出したのが、糸路の父河合藤左衛門だったのである。

その二十一

「無風亭」では——。

非業の最期をとげた妻女の四十九日が過ぎてから、ある朝、闇斎は、千枝を茶室に呼んだ。

糟糠の妻を喪ってから、闇斎は、急に年をとったようであった。口数が寡くなったのも、事実である。

最近、千枝は、闇斎の明るい軽口をきいていなかった。

せめて、心をこめて、身のまわりの世話でも、とねがったが、闇斎は、食事の仕度以外は、千枝の手をわずらわさなかった。

「いつの間にか、もう初夏だな」

闇斎は、そう言って、陽ざしをさえぎって、大きな掌状の葉をひろげた青桐を、見あげた。

「夏の用意を、お申しつけ下さいませ」

「あいにくと、何もない。それよりも、夢殿転なる御仁、そなたを預けっぱなしで、一度も姿を見せぬとは、無愛想なものだな」

「……」

千枝は、俯向いた。

ふしぎに、月日が経つにつれて、千枝の脳裡では、転の姿が、鮮やかなものになっていた。

いつの間にか、千枝は、転を、わが良人ときめていた。

――良人は、何か大きな仕事をはたすために、どこかで、必死の働きをしているのだ。

そう自分に言いきかせていたし、じぶんでも意外なくらい、おちついていた。

おちついているじぶんが、いかにも、転の妻らしく思えたのである。

「千枝さん、一度、訊ねてみたいと考えていたのだが……」

「なんで、ございましょうか？」

「こたえるのは、はずかしいかも知れぬが……そなた、あの御仁と契って居るのか？」

千枝は、膝へ落した双眸を、ふたつみつ、またたかせてから、

「はい――」

と、頷いた。

「そうか。……夫婦の約束は？」

「いたして居りませぬ」

「素姓を存じていたかな？」

「存じませぬ」

千枝は、顔を擡げて、闇斎を見た。

「あの方は、自分の身のふりかたは、自分で考えてみるように、と申されましたけど、わたくしは、心で、妻として生きようと、誓いました」

「うむ――」

闇斎の眼眸(まなざし)は、慈愛の光に、微かな憐憫の色を含ませた。

「ここらあたりで、わしは、そなたに打明けておくべきかも知れぬ」

「……?」

「そなたにとって、残酷な事実をだ」

千枝は、どきりとした。

「そなたが、良人と思いきめた夢殿転には、ほかに想う女がいる」

「え――?」

「しかも、それは、将軍家御息女だ」

千枝は、じぶんで、じぶんの顔から、血の気が引いて、まっ青になるのが、わかった。

「そして、その姫君は、いったん、松平中務少輔の許に輿入れされたが、一夜、転が忍び入って何処かへつれ去った模様――あるいは、転自身の仕業ではないかも知れぬが、ともあれ、その行方は、いまだ知れぬ。たぶん、転とともには居らぬ」

「……」

千枝は、全身のわななきを制するのに、必死だった。

「千枝さん。わしは、そなたに、夢殿転をあきらめさせようとして、こんなことを打明けて居るのではない。……彼は、たまたま、清姫と契ったのをきっかけとして、目下、異常な暗闇の渦の中にまき込まれて居る。……わしは、彼が、その渦の中で、冴えた剣をふるう姿を、遠くから、両三度、見とどけて居る。わざと声をかけずに、すてておいたのは、わしの立場が、味方になれない故であったからだ」

「……」

「わしは、わしで、その渦の中で、ひとつの策謀をめぐらしていた。わしは、必ずなしとげてみせる野望に燃えていた。……だが、いまは、すでに、その野望をすてた。妻に先立たれて、孤独になってみて、おのれの野望が、おろかしくなったのだ。ありようは、年齢をかぞえたのだよ。策謀をなしとげるには、もはや、この先の生命があまりにも短い。あの世から、妻の声が、きこえて来た」

「……」

「千枝さん、わしの策謀というのは、千石船をつくって、海の彼方へ渡って、見知らぬ国の領主になることであった。笑ってくれるな。わしは、できると信じたのだ。そのためには、莫大な資金を必要とする。それを、わしは、掌中におさめようと、狂奔して来た」

「……」

「はははは、わしは、六十という年寄であることを忘れていた。欲望に憑かれた人間のあさましさであったよ……千枝さん、わしは、大泥棒であった。草賊天地人、などとうそぶいて、暗中飛躍に、生甲斐をおぼえていたのだ。左様、わしは、大奥帖と天皇帖なる、二冊の秘帖をわが手に摑んで、莫大な資金をつくろうとした。大奥帖は、たしかに、一度は、わがものにした」

「え！」

千枝は、転から、大奥帖について、尋ねられたことがあった。天皇帖は、千枝自身が、京の比丘尼御所へ遣されて、ぬすみとる役目を与えられていたのである。

「大奥帖は、夢殿転自身が貴重の品とは知らずに、清姫君から渡されて、小石川水道町の真珠院の住職へ預けてあった。それを、公儀隠密の一人が、かぎつけて、奪うべく、侵入した。わしは、その隠密を襲って、斬り伏せて、大奥帖をわがものにしたのだ」

「……」

「ところが、それは、わしの手許から去る運命にあった。十六夜十兵衛という、あの刺客めが、奪って行った」

「では、あの時――」

「そうだ、そなたの生命とひきかえにして、懐中にして、去り居った」

あの日――。

妻女を斬った十兵衛は、千枝を犯そうとしたところを、闇斎に、とどめられた。

その時、十兵衛は、「この娘の生命と交換する貴重の品をもらおう」と、要求したのであった。

十兵衛は、梶豪右衛門から、

「もしかすれば、無風亭闇斎は、大奥帖なるものを持って居るかも知れぬ。奪って来てもらいたい」

と、たのまれていたのである。

豪右衛門の、鋭い直感力であった。

十兵衛は、あまりあてにせずに、きり出してみて、一瞬、闇斎の表情を読んで、

——持っているな！

と、合点したのであった。

妻を斬られた衝撃に弱っていなければ、闇斎ともあろう人物が、むざとは、奪われなかった筈である。

その二十二

「千枝さん、わしは、夢殿転に、わしの野望をとげてもらいたいと思って居る」

闇斎は、微笑し乍ら、言った。

「彼は、それが、できる。また、そうすべき素姓をもっている。転自身も、いまだ、おのれの素姓を知るまいが、やがて、知るであろう。自分が、琉球中山王の嫡子伊舎堂王子の後身であるということをな——？」

「えっ！」

千枝は、愕然となった。

「転にとっては、琉球王の嫡子であろうが、浪人者の伜であろうが、どうでもよいのであろう。しかし、からだに流れている血はあらそえぬ。わしがくわだてた壮図をひき継いでくれるにふさわしい。………千枝さん、夢殿転が、千石船を乗り出す時、そのかたわらに、そなたがより添っている姿を想像するのは、わしには、愉しいことだ」

「……」

「転をして、そうさせるために、そなたが、大奥帖と天皇帖を手に入れる努力に力をあわせるならば、おのずから、二人の絆は強いものとなろう。やってみるか？」

「はい」

千枝は、頷いた。

「薩摩屋敷に梶豪右衛門という男が居る。この男の画策は、なみなみならぬものがある。公儀隠密が、力を合せても、歯がたたぬくらいだ。第一、その正体を摑ませぬ。薩摩屋敷の者たちすら、その正体が、判って居らぬ。……そなたにやってもらいたいことは、梶豪右衛門の正体をさぐることだ。それがかなわぬまでも、その行動をくわしく記しとめておいてくれれば、わしの方で、正体をあばく手段が生れようというものだ。

……十六夜十兵衛に、わしから大奥帖を奪いとらせたのは、梶豪右衛門と考えられるふしがある。……今日まで、わしが見て来た事件の糸は、たぐってみれば、ことごとく、豪右衛門の手許に行きつく。……おそろしい存在だ、といえる。その正体をさぐる仕事は、当然、必死だ。千枝さん、やれるかな！」

「良人のためでございますれば……」

千枝は、そうこたえた。

闇斎が、いかなる巧妙な手を打ったものであったか。三日後、千枝は、柳橋の大きな料亭の一室で、楚々とした腰元姿を、つつましく坐らせていた。

やがて、入って来たのは、被布を着て、頭巾をかぶった宗匠風の、かなり年配の男であった。

「ほう――これは、美しい」

江戸で一流の画家勝川春湖といった。

「このような佳人を、養女にして、絵師たる者、果報じゃな」

勝川春湖の養女ということになって、これから薩摩屋敷へ、奥女中に上るのであった。

「したが……薩摩屋敷と申すところは、何事も秘密秘密でな、いったん奉公に上ると、滅多なことでは、お宿下りは許してもらえぬ。花見、芝居見物も、もってのほか、不埒の行いがあって、手討ちにされても、遺髪のみが実家へ届けられるという、きびしさじゃ。覚悟せねばなるまい」

「はい」

日が昏れてから、千枝は、迎いの駕籠に乗せられた。

千枝の身柄の引渡しは、その料亭で行われた。受取りに来たのは、壮年の、精悍な面貌の、一瞥して薩摩隼人と受けとれる武士であった。

千枝へ、鋭い眼光をあてたが、何も言わずに、参ろうと促した。

千枝を駕籠に乗せると、武士は歩いた。

月のある晩なのであったが、雲が多く、暗かった。

かなりの道程を過ぎてから、千枝は、ふと、進む方向が、ちがっているような気がした。

薩摩屋敷ならば、三田である。

しかし、駕籠は、北に向って進んでいるように思われる。

——どこへ連れて行かれるのか？

千枝は、そっと外を窺ってみたが、江戸の地理にはくらく、見当もつかなかった。濠があり、辻番の小屋の灯が闇にあかく滲んでいる淋しい場所であった。橋を渡った。坂をのぼった。それから、くだって行くと、畑地が多くなった。林もつづいていて、夜鳥の啼き声も、ひびいて来た。

「おい——提灯を消せ」

武士が、陸尺（ろくしゃく）に命じた。

急にまっ暗になった往還を、数町すすんでから、武士は、いったん、駕籠を路面におろさせて、戸をあけると、

「これを——」

と、布をさし入れた。

「自身で、目隠しをしてもらいたい」

まことに、要心ぶかいことであった。

千枝は、対手がたの秘密のかげが、はやくも、じぶんに掩いかぶさって来たのを、勇気を出してささえ乍（なが）ら、布でわが目をつつんだ。

武士は、よくしばってあるかどうか、手をさしのべてしらべてから、

「よし」

戸を閉めて、陸尺へ、

「やれ！」

と命じた。

半刻のち――。

千枝は、ひっそりと、冷たい空気の沈んだ部屋に坐らされていた。

大きな屋敷のようであった。門を入って、玄関に着くまでの距離が長かった。そのあいだに、千枝は、梔子（くちなし）のかんばしい香気をかいでいる。

玄関で迎えたのは、かなり年をとった声の女であった。手をひかれて、長い廊下を歩き、この部屋に入れられてから、目かくしをはずされた。

まぶたを圧迫されていたために、視力が容易にもどらず、燭台のあかりだけが、ぼうっと、眸子に映っていた。

となりの部屋に、誰かが入って来て、雪洞（ぼんぼり）を持って動かしているのであろう、仕切襖の上の欄間から、光がもれ出て、天井に映って、ゆれた。

襖が開いて、老女が出て来た。

「こちらへ――」

その部屋には、豪華な夜具がのべられてあり、腹ばって、煙草をのんでいる人物がいた。

もう六十年配の老人であった。鼻梁高く、立派な顔立ちであった。

老女に紹介され、千枝が挨拶しても、振り向こうとしなかった。といって、べつに、何かを考えている風でもなかった。

老女が、下って行くと、

「腰をもんでもらおうか」

と言った。

千枝は、微かな嫌悪の情にかられたが、抑えて、褥へ寄った。

老人の軀は、女のようにやわらかであった。それが、かえって、うす気味わるかった。

「千枝と申したな」

「はい」

「按摩など、いたしたおぼえはないか？」

「申しわけございませぬ」

「育ちがよいのであろう」

「……」

「武家の生れのようじゃな？」

「はい」

「旗本か！」

「いえ、代々の浪人者にございます」

この時、はじめて、老人は、頭をまわして、千枝の白い美しい貌を、じろりと見やった。

「貧しい浪人ぐらしで、そのように美しゅうは育つまい」

「……」

千枝は、老人の視線を、痛いものに感じた。

突然、老人は、猿臂をのばして、千枝の手くびを摑んだ。

「あ——何をなされます！」

反射的に、ふりはらった。

「ふふふ、武芸の心得もあるようじゃ。貧乏ぐらしで、武芸を修業するひまが、よくあったの」

「……」

「そなた、何者にたのまれて、当邸へ、間者として、入って参った？」

老人は、ずばりと、詰問した。

千枝が、この瞬間、怪訝そうに見かえすことができたのは、闇斎の教えを胸にたたんでいたからであった。

「何と仰せられましたか？」

千枝は、そう反問した。

その二十三

「そなたを、間者として当家へ送り込んだのは何者じゃ、と問うて居る」

老人は、くりかえした。

世間話をしているような、たんたんとした口調であった。

「おぼえのないことを、仰せられます」

千枝は、おちついて、こたえた。

「そうかな、おぼえがないかな?」

「わたくしは、勝川春湖殿の、たってのおすすめによって、御奉公に上った者でございます。お疑いならば、ただいま、おひまを下さいませ」

「はははは」

老人は、笑って、起き上った。

「奉公に参った者を、一度は疑うてかからねばならぬ。そういう屋敷と心得ておくがよい」

「あの……」

千枝は、思いきって、訊ねることにした。

「こちらは、薩摩の……島津様のお屋敷ではないのでございますか?」

「勝川春湖に、そうきかされて居ったか?」

「はい——」

「同じようなものだ」

「と仰せられますと？」

「そうじゃ、そのように探索の目つきをいたすから、間者と疑われるのだの」

「おゆるし下さいませ。……三田のお屋敷とばかり、思い込んで居りましたので……」

「薩摩屋敷ならば、どうして奉公しようという気になったぞ？」

「幼い頃、島津様御家中のお方に、可愛がって頂いたおぼえがございます」

千枝は、闇斎に教えられた通りに、こたえた。

その時、跫音もきかなかったのに、隣室から、不意に、

「殿――」

と、声をかけた者があった。

「兵庫か」

「左様で――」

「入って参れ」

襖を開けて、するすると、すべるように入って来たのは、どこといって特長はないが、からだぜんたいに鋭い気色を示している壮年の男であった。

「どうしたな？」

老人が、問うと、男は、

「お人ばらいを――」

と、願った。

「かまわぬ。この女、ひょっとすると間者かも知れぬが、間者にきかれて、うろたえねばならぬようなら、それだけで、家が傾いている証拠じゃ。……話せ」

「は――」

兵庫と呼ばれた男は、ちょっとためらっていたが
「梶豪右衛門は、どうやら、私欲に目がくらんだ模様にございます」

千枝は、はっとなった。

梶豪右衛門――その人物の正体をつきとめるのが、わが任務ではなかったか。

「証拠をつかんだか？」

「いえ、いまだ、しかと、つきとめては居りませぬが……」

「それならば、まだ、裏切者の焼印を捺すのは早かろう」

「しかし、殿……。先般、感応寺において催された富籤の儀、あきらかに、豪右衛門

が、大奥側に荷担いたして居るふしがございますぞ」

「ふむ――」

「それがし、怪しいと見てとって、大奥より、富札を盗みとって、様子を窺って居りましたところ、住職の狼狽もさること乍ら、大奥の女中たちがいかにうろたえるか、という予想を裏切り、ただ、公儀隠密一人だけが、その探索にあたったのみで、ひそとして居るばかりでございました。これは、表沙汰にいたすまいとの大奥の配慮によるものではなく、女中たちも、千両箱の内容を知らなかったということになるのではないか。すなわち、豪右衛門が、このたびは、事由あって、千両箱を、当った者に呉れる、と女中たちを納得させておいたのではあるまいか」

「成程な。で――つまり、千両箱は、当った者に呉れておいて、ゆるゆると奪いとる、という方寸を、たてたかな」

「それとは、気づかず、寺側は、その町人に渡しましたところ、豪右衛門の配下が追い、たわけにも、奪いとるのに失敗仕りました」

「ほう――」

老人の細目が、瞬間、光った。

「ただの町人ではなかったか?」

「飛道具を用意していて、悠々と逃げ去った模様にございます」

「豪右衛門の不覚であったか」

老人は、愉快そうに高笑いした。

千枝は、どうやら、この老人が、梶豪右衛門の目上の地位にあって、彼に対する疑念を抱いて、ひそかな探偵をすすめている様子に、なんとなく、ほっとした。

千枝が、梶豪右衛門という人物を見たのは、それから、十日も過ぎないうちであった。しかも、異常な状況のもとに。

老人——ことぶき殿とのみ呼ばれているこの屋敷の侍女となった千枝が、その居間で、鈴の音が鳴るのをきいて、お茶の用意をして、はこんで行った時である。

千枝の足を、思わず、すくませたのは、ことぶき殿の、烈しい叱咤の声であった。

「不埒者め!」

それまで、ものしずかに対坐していたのを、突如として、その一語で破って、ことぶき殿は、睨みつけたのであった。

「不埒者とは――？」

豪右衛門の方は、冷然として、老人を見かえして、みじんもたじろがなかった。

「おのれの胸にきけい！」

「一向に――」

「たわけ！　鵺が寝返ったら、いったい、何と化すか――きこうと申して居るのじゃ」

「お館様のお言葉ともおぼえませぬ。この豪右衛門の二心をお疑いなさいますか。笑止と申上げなげればなりませぬぞ」

「黙れ！　余人は知らず、このわしは、盲ではないぞ。見るべきものは見、聞くべきものは聞いて居るぞ。豪右衛門、そらぞらしく、強面で、脅かそうとしても、そうは参らぬ」

「何条もちまして、お館様を脅かそうなどと。……拙者が、公儀へ寝返ったという証拠でもありましょうか？」

「証拠がなければ、しらじらしく、何食わぬ顔で、押し通そうとの存念か」

「お館様。この梶豪右衛門に、このたびの仕事をおまかせあったのは、貴方様ではございませぬか」

「されば、飼犬に手を嚙まれる不覚をとりたくはないわ」

豪右衛門は、ふと気づいて、首をまわし、

「誰だ？」

と、廊下を、誰何した。

はっとなって、千枝は、姿勢を正して、しずしずと、お茶をささげて、居間に入った。

豪右衛門は、千枝の横顔を見て、はっと、眼光を鋭いものにした。

千枝は、作法を終えて、ひきさがってから、何気ないふりで、顔を擡げて、豪右衛門を見やった。

豪右衛門は、なおも、じっと千枝へ目をあてていた。千枝は、すぐ、顔を伏せたが、胸に迅い動悸が起っていた。

おぼえのある面貌であった。

ただ、どこで出会ったか、咄嗟に思い出せなかった。

じぶんにとっては敵の立場にある人物であったような気がしつつ、千枝は、ひきさがって行った。

豪右衛門の方も、おだやかならぬ気色で、

「あの腰元は、何者でございます?」

と、訊ねた。

ことぶき殿のこたえは、あっさりしていた。

「当家を探りに参った間者じゃ」

「何と仰せられる?」

「間者も、あれほど、美女ならば、そのまま仕えさせて、目の保養にいたすに足りよう」

「まことの間者でございますか?」

「まことの間者であったら、どうする?」

「すて置けますまい」

「すて置けぬは、その方であろう」

「お館様!」

「豪右衛門、感応寺の千両箱を横取りせんとして、失敗いたしたの?」

「……」

豪右衛門の顔面が、流石にわずか乍ら(なが)も色を変えた。

「わしに、黙っていたの。……わしは、千両箱の中に、小判のかわりに、絵銭が入っていたことを知って居るぞ。その方、絵銭を一人占めしようというこんたんを起したか?」

「……」

「はははは、天網恢恢疎(てんもうかいかいそ)にして漏らさずじゃ」

その二十四

「さて、これから、どうするかだ」

灯もつけない、まっ暗なわが家の部屋に、腰を下して、黙兵衛は、ひとり、呟いた。

清姫を、もっと安全な隠れ家へつれて行って、戻って来たのである。

転に、会わなければならなかった。

黙兵衛の嗅覚をもってしても、転の行方は、知れないのであった。

黙兵衛は、転に会うまでに、自力で、いくつかの謎を解いておきたかった。しかし、謎は、それぞれ、濃い霧にとざされていて、とらえどころがないようであった。

無口なこの男も、思わず、声に出して、

「さて、これから、どうするかだ」

と、呟きたくなろうというものだった。

姪の加枝の生死も、いまだ不明である。もし殺されているとするならば、讐を復ってやらねば、うかばれまい。若狭の海辺から、はるばる江戸へやって来て、さびしく留守をまもっていてくれた娘なのである。

なろうことなら、もう一度、故郷へ帰りたい気持を抱いていたようである。

なにひとつ、してやれなかった、と思うと、黙兵衛の胸のうちは、痛むのであった。

——出かけよう。このおれが、こんな家の中に、腕を拱いているひまはないのだ。

立ち上って、身仕度をした折であった。

おもての戸を、しのびやかに叩く者があった。

「どなた様で——？」

要心しつつ、耳をすませていると、

「わたしだ。庄之助だ」

「若様！」

おどろいて、黙兵衛は、戸を開けた。

黙兵衛は、庄之助を、追分の幽霊屋敷から救い出して、ひとまず、鎌倉へ送っておいたのである。

若さのたまものであった。入って来た庄之助は、元気になっていて、

「その節は、お世話になって、お礼の述べようもない」

と、頭を下げた。

「お一人で、お歩きになるのは、危険じゃございませんか？」

「わたしは、亡父に代って、佞者を討たねばならぬ」

庄之助は、はっきりとそう言った。

「佞者と申しますと」

「わたしは、亡父が、遺した隠し日誌を読んだのだ。……夢殿転殿が、鎌倉に見えて、探された時には、日常のことしか記して居らぬ日誌しか、なかった。隠し日誌は、別の場所に匿してあった。亡父の非命は、くわしく、それに記してあった」

「左様でございましたか」

「わたしは、お目付・本多甚左衛門を討たねばならぬのだ！　本多こそ、公儀を撹乱し、善良な人々を数多く殺した元凶なのだ！」

「庄之助様。これは、転様のお力をお借りする仕事でございます」

「いや、わたしは、わが手で、本多を討ちたいのだ。……黙兵衛殿、わたしはあの幽霊屋敷にとらわれているあいだに、あの屋敷の支配者が、本多であることを知ったのだ。お主は、あれが薩摩の別邸であると申していたが、わたしは、たしかに、本多が支配しているのを知った。わたしと加枝を、拷問にかけたのも、本多ではないかと思う。夢殿転殿のことばかりか、お主のことにも、くわしかった」

「ちょっと、お待ち下さいまし」

黙兵衛は、首をひねった。

あの夜――、黙兵衛は、池の中の島の地下牢で、一人の公儀隠密に会って、奇怪なからくりがあることを、若年寄・永井美作守につたえてくれ、とたのまれている。

お目付・本多甚左衛門を糾明されたいこと、本多は、贋者同然の裏切り者であり、「この薩摩の梶豪右衛門と、どう――」と、そこまでいって、事切れたものだった。

――あれは、なんと言おうとしたのか？

「本多甚左衛門と、梶豪右衛門と……」

黙兵衛は、ひくく唸った。

とたんに、さっと鋭い気色で、庄之助の手をとらえた。

「尾けられましたぞ、庄之助様！」

「え――？」

「なに、あわてることはありませぬ。度胸を据えておやりなさいまし。対手は、虫けらだとお思いになることでございます」


夜は冷え、地上は昏く、しずかに更けた時刻であった。

黙兵衛の巧みな先導で、庄之助は、お船蔵わきの往還を奔っていた。

とある曲り角に来て、黙兵衛は、ひくく、

「畜生っ！」

と叫んで、ぴたっと足を停めた。

行手を、黒影にふさがれたのである。

敵は意外に頭数があり、追跡に馴れていた。

さきまわりされたのである
「七ひきもいやがる！」

黙兵衛は、庄之助をふりかえると、

「初陣になりますぞ！　おちついて――腹を据えて――」

と、ささやいた。

これまで、庄之助は、由比ヶ浜の砂上に、和久田欣也と闘って、これを斬り伏せている。しかし、それは、夢殿転の助勢があったからである。

いまは、おのれ一個の力で、活路を得なければならぬ。

――やる！

庄之助は、おのれに叫ぶと、差料を鞘走らせた。

ひたひたと迫って来る黒影の群を睨みつけつつ、ふいごのように胸を早鳴らせるのはいたしかたないとしても、闘志は、われ乍ら、猛然たるものだった。

「うしろ！」

黙兵衛が、叫んだ。

庄之助が、ふりかえるのと、まっ向から、刃風とともに一撃が襲って来るのが、同時だった。

夢中で、体をひらき、夢中で、一刀をふるった。

はずれて、青眼にとった瞬間、対手の黒い姿が、巨きな巌のように見えた。

「くそ！」

悪魔をはらいのけるように、庄之助は、身顫いして、闇中に浮き沈みする敵の切先を、睨みすえた。

沈着な性格が、さいわいした。猛然たる闘志を、無謀な跳躍にせず、真剣勝負の場数をふんでいる敵に誘い込まれぬ要心をした。

殺気をあびつつ、殺気と知らず、庄之助が、ひたすらに、目をとめているのは、その切先の動きであった。

その二十五

——やったぞ！

頭上に落ちて来た刃風を、夢中でくぐって、右方へ飛んだ庄之助は、ぐーんとひびいた手ごたえに、胸の中で、絶叫した。

血ぶるいして、新たな手勢へ、備える。

庄之助に向って来る敵は、五名をかぞえた。

味方の一人や二人、仆(たお)されても、無気味なくらいおちついて、水も洩らさぬ陣形をとって、じりじりと、切先を詰めて来る。

庄之助は、自然に、あとへあとへと退って、建物の羽目板へ、背を寄せた。

殺気は、ひしひしと、庄之助を、投網をしぼるように、包んで来る。

——なにを！

撥ねかえし、ふりはらい、わが身を庇おうとする本能をすてて、無想の心気を張ろうとするのだが……。

詰めて来る五本の白刃の、闇の中の微かな煌(きらめ)きが、庄之助の目をくらまし、息をはずませる。

黙兵衛が、どのあたりで、どのような闘いをしているのか、全く耳に入らなくなっていた。

「とおーっ！」

一刀が、風を起して、振り込んで来た。

「おおーっ！」

必死に受けて、受けきれずに、不覚に、蹟いた。

が、片膝をつきつつ、僵れざまに、横へ、ひと薙ぎした。

手ごたえの有無を知る余裕もうせて、庄之助は、手負うた猛禽のごとく、狂おしく羽搏いて、死中に活を求める捨身の反撃に出た。

「おっ！」

「やっ！」

「小しゃくっ！」

短い、鋭い叫びが、庄之助の一跳一躍の地点であがった。

斬っているのか、斬られているのか——それすらも、判らなかった。

ただ、自分の狂奔が、敵の陣立をやや乱していることは、意識のうちにあった。

庄之助が、わずかに、一瞬の静止をみせたのは、まっ向から斬掛けた一刀を、反射的に、鍔元で受けて、こらえた時だけであった。

あとは、目まぐるしく、右へ跳び、左へ躍り、前へ奔り、後へ転じた。

この闘いぶりが、そういつまでも、つづくものではないことは、いわでもの理である。

敵陣が乱されつつも、破綻の色を見せないのは、そのためであった。

ついに――。

庄之助は、どさっと、常夜燈の石肌へ凭りかかった。

四肢は、痺(しび)れていた。喘ぐ息を肩にきざみ、晦(くら)んだ目を狂人のように血走らせていた。肩に、腕に、胸に、脚に――無数の浅傷を負うていた。

いつの間にか、敵の頭数は、七八つに増していた。そして、つきつけて来る白刃は、聊(いささ)かも、脈絡を紊(みだ)してはいないのであった。

――死ぬ！

はじめて、庄之助は、斬られる恐怖をおぼえた。

逸(はや)りに逸った庄之助の、体力も気力も、もう尽きていた。

「どうする、斬るか？　それとも、生捕るか？」

正面の者が、他の者たちへ、問うた。

「引導を渡してしまえ！」

誰かが、叫んだ。

「よし！」

ずいと、一歩肉薄した。

庄之助は、遠くで起る叫びと走る足音をきいた。

——黙兵衛も、斬られる！

そう感じた。

——斬れ！

庄之助は、血ぬられた刀を、下げた。

「覚悟せい！」

正面の敵が、大上段に、ふりかぶった。

その刹那——。

「うっ！」

呻きをあげてのけぞる突如の変化を、襲撃者たちは、庄之助を斬ろうとする味方の姿に見た。

さっと動いて、陣形が、ととのえられた。

一個の黒影が、走るでもなく、すすす……と進んで来て、常夜燈の前に立った。

宗十郎頭巾で、顔を包んでいる、黒の着流し姿であった。

「若年の者一人を包囲して、なぶり殺しにするところをみると、飼われかたがいやしい走狗たちと見たぞ！」

そう言いはなつ冴えた声が、夢殿転のものであるのを、ききわけた庄之助は、そのまま、気遠くなって、ずるずると、地べたへ崩れた。

「ぬかるな！　手強いぞ！」

一人が、無手のまま立つ転の姿を観て、叫んだ
一瞬の動揺を抑えて、憤然と奮い立って、たてなおした刺客たちの構えは、渚に寄せかえす磯波に似ていた。

「とおっ！」

磯波の一箇処が、竜巻となって、奔騰するように、凄じい気合もろとも、転の頭上めがけての一撃が、襲った。

転は、身をひねりざま、抜きつけに、その敵の咽喉を割った。

血は、飛沫となって、顔へかかった。

転は、すりあげに刎ねた迅業を、そのまま、次の跳躍に継いで、

「えいっ！」

一声を発して、風のごとく、一閃を右方の敵の肩へ送っていた。

「うーあっ！」

大きく傾いて、刀を杖にするのを、見てとりもせず、転は、もう、同じ地点には立っていなかった。

「ぎゃっ！」

「うああっ！」

転の奔る迅影のあとに、つづけさまに、断末魔の悲鳴がほとばしった。

その二十六

半刻ののち、深夜の江戸は、雨を迎えていた。

その雨音を、転は、とある横丁の川魚屋の二階の一間で、きいていた。頭がつかえる程ひくい天井の、うす穢いここで、転は、幾日かをすごしていたのである。

次の間から、黙兵衛が、出て来た。庄之助の手当をして来たのである。

「貴万様にお助け頂こうとは、夢にも思いませんでした。天佑神助と申すものが、この世にあるのを、はじめて知りました」

「……」

転は、微笑しただけであった。

黙兵衛は、あれから、毎日、血眼で捜していたと言ってから、あらためて、転を正視した。

「すこし、おやつれなさいました」

「不死身に鍛えてある。心配してくれなくてもよい。……その後のことを、きこうか」

黙兵衛は、頷いて、語りはじめた。

外は、風が出て、雨足が、かなり強く、屋根や雨戸を搏(う)った。

あい槌もうたず、黙然として、きいていた転は、黙兵衛が、幽霊屋敷内の島底の牢にとじこめられていた公儀隠密に依頼を受けたくだりにいたると、急に眸子(ひとみ)を光らせた。

「そうか！」

転は、にやりとした。

「それで、判った！」

「……？」

「黙兵衛、その隠密は、お目付・本多甚左衛門と薩摩屋敷の梶豪右衛門とは、同一人だ、と言おうとしたのだ」

「えっ！」

黙兵衛は、愕然として、目を瞠った。

「公儀目付と、薩藩の要人と――これは、犬猿の間柄、というもおろかな、敵同士だ。誰が、この二役を、一人が演じていると、看破できるものか。世間の盲点を衝くとは、これをいうのだ」

転は、あかるい声音で、説明した。

「昨日は、薩摩の要人となって、藩士を使嗾して、清姫を拉致し、今日は、公儀目付となって、隠密を指揮して、わたしたちを闇に葬ろうとする。公儀も、これを知らず、薩藩でも、おそらく、気づいては居るまい」

目の前に、重く垂れていた黒い幕が、引かれたのである。これまで、不可解であった事柄は、手にとるがごとく納得できた。

「しかし、どうして、そのような二役が、一人で演じられるものでございましょうか？」

「どうして演じられるようになったかは、判らぬが、おそらく、梶豪右衛門としての存在は、薩摩屋敷に於いて、君主と対等の権勢を有つ人物によって、認められ、自由に力をふるうことができるように仕組まれているに相違ない。そうでなくては、あれ程、多くの藩士を思うままに動かすことは、できまい」

「奇怪な話でございます」

「そうだ。信じられぬ奇怪なからくり芝居が演じられて来たのだ。……しかし、公儀目付としても、薩摩屋敷要人としても、目的とするところは、ひとつだ」

「なんでございましょう？」

「大奥帖と天皇帖を、手に入れて、その秘密とされているものを、わがものにすることなのだ」

「成程！」

「本多甚左衛門は、京の比丘尼御所へ、二階堂靱負（ゆきえ）の娘を送って、天皇帖を奪おうと企てた。隠密をして、真珠院の住職を斬らせて、大奥帖を盗ませたのも、彼の仕業だ。梶豪右衛門は、清姫を拉致して、京の比丘尼御所四箇寺のうち、いずれの寺院に、天皇帖がかくしてあるか、知ろうとした。二階堂庄之助を捕えたのは、庄之助が父靫負の日誌によって、本多甚左衛門の正体を知るのをおそれたからだ。……そのほかに、彼は、本多となり、梶となって、われわれが知らぬ暗躍をくりかえし、若年寄永井美作守の企図するところを撹乱し、清姫を松平中務少輔へ輿入れさせ、二階堂靫負を憤死せしめ、王政復古の勤王毘沙門党の女党主を犯して、狂わせた」

「……」

「おれたちは、それと知らず、ただ右往左往していたのだ。滑稽であったというほかはない」

「転様。大奥帖と天皇帖を手に入れれば、何が判るのでございましょう?」

「それは、まだ明確には推量できぬが、おそらく、松平中務少輔家が、そのむかし拿捕した異国船から没収した積荷に、重大な関係がある筈だ。例えば、大奥帖の表紙に描いてあった絵銭などが、その積荷の中にはあったろう」

「そのことでございます!」

黙兵衛は、谷中感応寺の当籤で得た千両箱の中に、その絵銭があったことを語った。

　転は、合点して、

「それは、何かの事情があって、積荷の中から、絵銭が一部分、感応寺に納められていたのであろう。感応寺では、富札の不正によって、それを大奥へはこんでいたのだ。大奥の命令か、どうかは知らぬが、感応寺住職のしわざに相違ない。本多甚左衛門が、このことをかぎつけて、一役買ったのだ。……つまり、本多が、隠密を使って、大奥にある不正富札を盗ませて、わざと市井へばらまかせておき、住職には、千両箱に絵銭をそのまま詰めさせておき、当った者が持ち帰る途次を、襲って、奪い取る算段であった。当り札を、偶然お前が持っていたのは、皮肉であった。これも、天佑神助というか……」

　転は、笑った。明快な推理であった。

「左様でございましたか。……そういたしますと、その積荷は、莫大な財宝ということに相成りますね」

「まず、な――」

　転は、そこで、しばらく、宙へ、思案を罩めた眼眸を据えていたが、

「もしかすれば、本多は、もうすでに、大奥帖を手に入れて居るのかも知れぬ。あるい

は、天皇帖も――」

そう呟いた。

その二十七

とげぬき地蔵、という。

巣鴨高巌寺の、この地蔵は、この当時は、下谷車坂に在った。

番町に、長谷川なにがしという旗本がいた。その女に千代という美女があり、隣家の子息塚田新九郎に恋せられたが、千代には小石川の田村なにがしという許婚がいた。ある年の暮、千代が、田村家へ嫁ぐや、塚田新九郎は、絶望して、果てた。

千代は、二年後、一子を挙げてから、間もなく病牀に臥した。実家の長谷川家には、昔から怨霊の崇りがあって、女子は早世すると伝えられ、姉も二十五歳で逝っていたので、千代は、じぶんの生命もあまり長くないと、あきらめていた。

しかし、老少不定は致しかたがないとしても、怨霊のために苦しむのは堪え得ないので、地蔵尊を日夜念じた。

某夜、黒い法衣に青色の袈裟をつけた僧が、枕辺に立った。

「そなたに、湧出（ゆうしゅつ）の印像なるものを授ける故、それを紙に押して水に浮かべれば、病は近きうちに癒えよう」

夢がさめてみると、一個の印像が、床の間に置いてあった。それを紙に写してみると、地蔵尊の形が現われた。

千代は、それを一万体、紙に写し、家人に扶けられて、両国橋に至り、橋上から南に向って、その紙を流した。

その夜、千代の枕辺に、紺の小袖を着流した茶筌髷の青年が現われて、うらめしげに、千代を見下した。すると、青染の袈裟をつけた僧が、近づき、錫杖をもって、彼が背中を、丁と打った。青年の姿は、煙のように消え失せた。

夢からさめた千代は、ふしぎなくらい、からだが軽やかになり、心気のさわやかさをおぼえたことだった。

この話がひろくつたわって、田村家に、地蔵尊の御影の御符を乞う者が、きびすを接した。

その後、さる家の女中が、折れ針を口にくわえているうちに、あやまって呑み下して、苦しんでいるのを、その御符を一枚、水とともに飲ませてみたところ、忽ちに、御符に包まれた針を吐瀉したので、さらに評判になった。

とげぬき地蔵の名は、これより起って、田村家は、庶民の殺到にわずらわされて、高巌寺に納めた。

この地蔵尊が、一夜のうちに、消え失せる事件が起ったのは、転が、本多甚左衛門と梶豪右衛門が同一人であることを看破してから、数日後であった。

地蔵尊が、山谷から塩入土手へ抜ける畑地の中で発見されたのは、その翌日であった。

かたわらに、立札があった。

『心正しき者たちに告ぐ。鋤鍬を把りて、この地を掘るべし、感応たちどころに現わるべし』

迷信は、この時代の重大な行事を左右していた。盗難除けに、火防に妙義社を、水防に水天宮を信仰し、旱天には百万遍を唱え、霖雨には天道念仏を喧しくしていた。人魂を見た者は多いし、幽霊の存在を疑う者はいなかったのである。

たちまちに——。

その畑地には、千をかぞえる群衆が、四方からかけつけて来た。

「あった！　これだ！」

「ここにも！」

血眼の庶民たちが、つぎつぎと、土中から絵銭を発見する光景を、土手上から、黙って見戍（みまも）っている者がいた。

無風亭闇斎であった。地蔵尊を移したのは、この老人のしわざであった。

雲の章

その一

本多主馬之助は、ふっと、目ざめた。

別段に、何か物音がきこえた、というわけでもなかった。

――何者？

部屋に、すっと、誰かが、影のように忍び入って来るような気がしたのは、夢の中であったが、これは夢ではない、とさとるだけの心機の動きを備えている男であった。少年の頃から、武術にかけては素質があり、修業も怠らなかった身である。

主馬之助は、動かず、薄く目蓋をひらいて、全神経を配った。

何もなかった。

有明に灯はのこっていて、これは、睡ってから半刻も過ぎていなかったことをしめす。

——気のせいであったか。

主馬之助は、ほっとして、かたわらで寝息をたてている佐賀乃を、抱き寄せた。

千石取の妻女にもあるまじく、燃えるような緋の長襦袢ひとつで、裾が捲れて、太腿もあらわになった、みだらな寝姿であった。

狂おしい営みがおわって、ぐったりとなって、そのまま睡り込んでいたのであるが、佐賀乃は、主馬之助の猿臂に引き寄せられると、

「……ねむい」

と、小さく呟き乍ら(なが)も、手を頸にかけて、唇を近づけると、押しつけた。

主馬之助は、自分の倦くことのない欲情に、自身であきれ乍ら(なが)、佐賀乃の胸をさぐって、ゆっくりと、柔らかな、あたたかな隆起を、揉みはじめた。

「……う、ふふふ」

佐賀乃は、身をくねらせ、豊かな腰をひねって、主馬之助へのしかかるかたちになり、

「おいたさん！」

と、甘え声を出した。

三十七歳になる佐賀乃は、主馬之助によって、はじめて女のよろこびを知らされた、とまことしやかに告げていた。佐賀乃は、主馬之助より、七つ年上であった。

一瞬、佐賀乃は、からめていた両脚を、ぎゅっとしぼるようにして、微かな呻きをあげると、主馬之助の頤を嚙んだ。

その時であった。

「野暮な問いをする、あと、どれほど待てばよろしいのか？」

その冷たい声が、あびせられた。

主馬之助の感覚は正しかった。この部屋に、まさしく、人は、忍び入っていたのである。

反射的に、佐賀乃をつきのけて、とび起きざま、主馬之助は、枕もとの大刀を摑んだ。

北側の壁と六曲屛風のあいだから、すっと現われたのは、宗十郎頭巾をかぶった、黒の着流しの浪人者であった。

「曲者！」

叫びとともに、主馬之助は、鞘走らせた。

浪人者は、頭巾の蔭に、冷たい目を光らせて、うっそりと立ったなりであった。

「やあっ！」

気合もろとも、撃ちかけた主馬之助は、ぱっと躱(かわ)されて、むなしく宙を搏(う)った白刃を、途中でとどめるいとまもなく、切先をしたたか畳へ嚙ませて、よろめいた。

そこを、足蹴にされて、ぶざまに仰のけに倒れると、しばらくは、起き上れないくらいの疼痛が腰にあった。

見下す対手の眼眸(まなざし)は、依然として冷たく、無気味であった。

ようやく起き上った主馬之助は、

「意趣を受けるおぼえはないぞ！」

と、ふてくされた。

浪人者は、しずかに正坐すると、

「べつに、意趣ばらしでも、押込み強盗でもない」

と、言った。

「で、ではなんだ？」

しかし、浪人者は、すぐにはこたえず、牀の中で顫えている佐賀乃を見やって、

「こちらが、貴公の兄者本多甚左衛門の内儀か？」

と、言った。

ひたかくしの密通であったが、ちゃんと調べた上で、侵入して来たのである。

「貴様、何奴だ！」

「公儀隠密——いまは、市井の素浪人・夢殿転」

「そ、その元隠密が、何故の推参だ」

「本多甚左衛門は、健在であるばかりか、お目付として、隠然たる勢威を誇って居る。その妻が、実弟と密通している事実を、気づかぬ筈はあるまい。あかの他人のわしのような人間でも、探れば、直ちに判ることだ。……兄者は、何故に、貴公と内儀の情事を黙認し居るのか？　その理由をうかがいたい」

「余計なことを——、貴様などの関り知ったことか！」

「それが、大いに関りがある。知らねばならぬのだ。本多甚左衛門の正体を——」

厳然として、転は、言った。

「われわれの恋を、兄はすこしも知らぬ」

主馬之助は、吐き出すように言った。

「こちらは、この夜ふけに、わざわざ忍び入って、不粋の真似までしているのだ。真実を知りたいばかりの振舞いだと思われたい。ごまかしはきかぬことだ。もし、あくまで、ごまかそうというのなら――」

転は、すっくと立つや、畳に突き立った主馬之助の刀を摑んで、

「斬る！」

と、言いはなった。

主馬之助の全身を、戦慄がつらぬいた。


それから、いくばくかの後、主馬之助は、転をともなって、庭へ出ていた。

月があったが、靄がふかく、視界はとざされていた。

北の端に建っている土蔵へ行き、主馬之助は、鉄の扉をひらいた。

「ここだ」

「お手前が、まず入って、灯を入れて頂こう」

転は、要心深かった。

やむなく、ふみ込んだ主馬之助は、片隅を手さぐっていたが、燧石を切った。

有明の灯が、徐々に、闇を押しやって、ひろがるにつれて、転は、奥に、太い格子を組んだ座敷牢を見出した。

主馬之助は、有明を携げて、そこへ近づいた。

転は覗き込んで、そこに、死んだように仰臥している人間をみとめた。

痩せおとろえ、髭ぼうぼうと顔をつつんで、鼻梁のいたずらな高さが目立った。

明りが入ったので、目蓋を、微かにわななかせつつ、ひらいたが、その光はうつろであった。

まぎれもない狂人であった。

「これが、兄者か?」

「八幡、誓ってまちがいはない！」

「では、本多甚左衛門は、もう一人居るということになる」

「そんなことは、知らぬ」

大身とはいえ、小普請である。政道とは全く無縁のくらしをして、義姉との愛欲に溺れて、一切世間とのつきあいを断っていても、ふしぎはない。

「まこと、ご存じないか！」

「知らぬ。……本多甚左衛門が、もう一人居る道理がない」

「ところが、居る」

転は、この瞬間、

——梶豪右衛門め、本多に化けて居るな。

と、直感した。

「兄者は、いつ頃、狂われた？」

「二年前の正月だ」

「突如としてか？」

「年始に行って、二日も戻らず、八辻原で人事不省に陥って倒れて居るところを、通行人に発見され、蘇生いたした時は、狂って居った」

「左様か——」

転は、頷いた。

「それは、人為による不運であった、と察せられる。お手前も、兄者の内儀との恋にうつつをぬかして居らずに、旗本ならば、公儀に起って居る騒動に、目を向けられることだ。兄者ばかりか、こんどは、貴公までが、狂わされて、贋者が出現せぬとも限らぬ」

そう言いのこして、土蔵を出ると、足早やに立去って行った。

その二

同じ夜のことであった。

その屋敷の奥で、ことぶき殿と呼ばれる老主人の腰をもみおわって、千枝が、じぶんの居間にしりぞいたのは、かなり更けてからであった。

老人は、腰をもませ乍ら、例によって、千枝を話対手にしたことだった。

「千枝は、若狭と申す国を存じて居るか？」

「いえ、存じませぬ」

「小浜の湾を出ると、蘇洞門というのがある。屏風のように削り落された岩礁の凄じいつらなりは、壮観じゃな……」

「……」

「岩礁の高さは、上を行く者の姿が、蟻のように見える。浪と岩との凄じい闘いの跡じゃ。赤色の線と、黒褐色の縞を織る岩壁が、陽の光にあたって、銅鉱の緑青を美しく浮きあげる彩りをみせて、数十丈の山脚をそそりたてつつ、一里の長きにわたってつらなって居るのじゃて。房状の岩巣をならべて居る唐船島、岩壁を落ちる美しい滝、見事な節理の線を、縦に横に引き乍ら、大きな白い箱をいくつも積み重ねたごとき巨壁、大小ふたつの自然門をひらいて居る大門小門……二十年前に眺めた景色が、こうして、目蓋をとざすと、まざまざと浮かんで参るわい」

「……」

「千枝、その蘇洞門に、何百万両もの財宝が、かくされてあるといたしたらどうじゃな?」

「え?」

「はははは……、但馬の御火浦(みほ)とか、越前の東尋坊とか、若狭の蘇洞門とか、そうした自然の営みがつくった凄じい風景を眺めては、莫大な財宝などを、かくしておきたくなるのが、人情であろうて」

その時は、千枝は、ただそれだけのこととして、きき流したことだった。自室に入った千枝は、そっと、父靱負と闇斎の妻女の位牌をとり出して、床の間に据えると、長い間、無心の祈りをこめた。

と——。

はっと、千枝をわれにかえらせたのは、障子をへだてた廊下を、幾人かが、跫音を消して、奥へ忍んで行く気配であった。

急に、不吉な予感をおぼえて、千枝は、いったん、立ち上ったが、また腰を下した。

じぶんに、何ができよう。ただ、じっとして、何事かが起るのを待っているよりほかはなかった。

はたして——。

奥で、叫び声と、烈しい物音が起った。

それは、しかし、一瞬であった。次に来た静寂は、無気味であった。

千枝は、再び、廊下をひきかえして行く者たちの気配を知った。

しばらくは、息を殺して、動くこともならなかった。

ようやく、勇気を出して、廊下へ出た千枝は、わななく足をふみしめて、老人の寝所へ向った。

そこの障子は、きっちりと閉めてあった。灯はともされていた。

千枝は、廊下へ膝まずいて、老人を呼んだ。

応答はなかった。

おそるおそる障子をひらいたとたん、予期していたものの、千枝は息をのんで、からだを石のようにこわばらせずにはいられなかった。

ことぶき殿は、血海の中に伏していた。

千枝は、声もあげ得ず、じっと見戍る(みまも)ばかりだった。

ふと、老人が、微かに呻いたような気がして、千枝は、ようやく、部屋へ入った。

「お、お殿さま！」

声を高くして呼ぶと、老人は、こんどは、はっきりと、声をしぼって、起き上ろうとした。

「お殿さま！　しっかりなさいませ！」

血の色と匂いに、気遠くなるのを、必死に制して、千枝は、老人をかかえあげた。

老人は、目蓋をふさいだまま、

「千枝か……」

と、言った。

「はい――」

「そ、そなた、間者で、あろうな」

最期にあたって、老人は、千枝がお目見得した時と同じ質問をした。

もはや、かくすにおよばなかった。

「は、はい。間者に相違ございませぬ」

「何者に、たのまれた?」

「闇斎、と申す、おひとに……」

「そ、そうか。闇斎か――」

老人は、頷いた。

「お殿様、お手当を」

「おけい。この深傷で、年寄がたすかろうと、あがくだけ、笑止じゃ……千枝、闇斎に、つ、つたえい」

「はい」

「ことぶき殿は、果てる際……、ようやく、我欲を、すてた……。梶豪右衛門めが、大奥帖と、天皇帖を、どうやら、せしめた模様じゃ、とな……。豪右衛門めに、た、たからを、渡してはならぬ。わしが、使うた男じゃが……奸佞無比……」

そこまで、告げてから、老人は、がっくりと事切れた。

千枝が、遺骸を、褥へ寝かせた時、ずかずかと、一人の武士が入って来た。

先夜、梶豪右衛門の異心のことを報告に来た兵庫という人物であった。

惨たる光景を一瞥して、

「む！」

と、唸り声を口のうちに嚙んだ兵庫は、しかし、遺骸に向って、礼をとろうとはせず、

「千枝、と申したな？」

と、険しい声音をかけた。

「暗殺されるところを、目撃いたしたか？」

「いえ――」

千枝は、かぶりをふった。

「そなた、まさか、梶のまわし者ではあるまいな？　梶の一党を、手引きして、殿を斬った……」

「わたくしは、そのような者ではございませぬ」

「殿は、そなたを、間者かも知れぬと申されていたぞ。公儀から遣されたか？」

「わたくしは、ただの浪人者のむすめでございます」

「まあ、よい」

兵庫は、鋭い目つきになって、寝所のあちらこちらをせわしく、何かを、さがしはじめた。

千枝は、この人物を、さげすんだ。

いやしくも、ことぶき殿の腹心として、目をかけられていたのではないか。見知らぬ死者であっても、礼をとるのが人情というものであろうに、主人の霊に対して、祈りも捧げず、たちまちおのが目的に夢中になるあさましさ。

本性をあらわした、としか思えなかった。

ひとわたり、さがしてから、舌打ちした兵庫は、千枝をふりかえって、

「遺言はなかったか？」

と、訊ねた。

「ございませぬ。わたくしが、かけつけました時には、もう、お亡くなりでございまし

た」

千枝は、ひややかに、こたえた。

兵庫は、

「豪右衛門め！」

と、いまいましげに吐き出すと、さっさと出て行った。

千枝は、そっと、遺骸を見やった。

——孤独なおひとであったのだ。

ふかい同情をおぼえずにはいられなかった。

その三

永井美作守は、まだ寝衣姿のままで、夢殿転と、対坐していた。

起き出て、手水をつかおうとしていると、不意に、木賊（とくさ）の蔭から、転が出現したのであった。

美作守は、無言で、居間へ戻り、転もまた、黙って、入って来た。

庭には、斜光が朝靄を彩っていたが、部屋の内には、まだひいやりとした夜の冷気がのこっていたし、隅々には、闇も去りやらずにいた。

屋敷内は、しーんと、しずまりかえっている。この屋敷で一番に起き出るのは、美作守であった。次に起き出る庭掃きの姿もまだ、見えない時刻であった。

美作守と転が、顔を合せるのは、これで三度目であった。二度目は、根岸の里にある隠れ家へ、転がふみ込んで、大奥帖と天皇帖と如何なるつながりがあるかを、糺していた。それから、清姫を暗殺しようとする企図を放棄するように願っている。美作守は転の願いを容れる交換条件として、転の剣を所望した。

ところが、転は、かえって、その剣を、美作守配下にむかって、ふるってしまったのである。

転は、再び美作守の前に現われる面目はない筈であったが……。

しかし、転は、それに関する釈明は一言も口にせず、いきなり、

「お目付・本多甚左衛門の正体をご存じでありましょうか？」

と、きり出した。

美作守は、こたえず、大きくひらいた目を、転に据えているばかりだった。

「薩摩屋敷に、梶豪右衛門と申す男が居ります。彼が本多になりすましていた事実を、このたび、つきとめました」

転は、言った。

だが、美作守は、なんの動揺も示さなかった。

「当の本多は、実弟本多主馬之助邸内で、狂って居ります」

「……」

「貴方様が、この事実をご存じなかったならば、不覚も甚だしい」

きめつけるように言うと、美作守は、おもむろに、口をひらいた。

「知って居る」

「ご存じであった?!」

「うむ。半年ばかり前に、知った」

「では、どうして、今日まで、黙って見遁されていたのです！」

「わからぬか！」

「わかりませぬ」

「政治をつかさどる者は、裏切者もまた、利用できる途を知っておかねばならぬ。裏切者を、憤って殪すのは、かんたんであろう。裏切者を、そ知らぬ顔で、泳がせておいて、逆に、これを利用する。俗に申すではないか。六韜三略虎の巻——奥の手というやつは、遠網をかけておいて、忍耐づよく待つに限るようじゃ」

「……」

転は、対坐する人物が、自分などの太刀打ちすべくもない巨きな存在に思われた。

「夢殿——。お主は、梶豪右衛門が本多と、双生児であることまで調べたかな？」

「え——？」

「ふふふふ、さもなくば、いかに公儀に盲が多いとは申せ、豪右衛門が、殿中においてまで、本多になりすます芸当は演じられまい。このわしすらが、はじめのうちは、まんまと、たぶらかされて居った」

「左様でしたか」

「豪右衛門は、弟の主馬之助と共謀して、兄の甚左衛門に、南蛮毒を嚥ませて、狂わせた。そして、おのれが甚左衛門に化けた。目付の職掌は、まことに、化けるに適して居ったと申さねばならぬ。その目的は、大奥帖と天皇帖を、おのが手に摑むことにあった。……わしが、知って知らぬふりをしていたのは、わしの力よりも彼奴の力の方が、二帖を奪うに早い、と考えたからにほかならぬ。彼奴が奪い取ったところを、こちらがまきあげる。これだな」

「二帖は、すでに、梶の手に渡って居る、と考えられます」

「そうであろうな」

そのこともすでに、美作守は、知っている様子であった。

「一昨日、薩州の大伯父で、寿殿という隠居が暗殺された旨、薩摩屋敷に忍び込ませて居る隠密から報らせがあった。豪右衛門の仕業であろう。豪右衛門は、寿殿に使われて居った男じゃ。寿殿を亡き者にすれば、二帖は、完全にわがものに帰す。これも、はじめからの計画であったろう」

転の方は、向島の懇意の家に預けておいた狂った中御門織江を、昨日おとずれて、正気に戻っているのを見て、仔細を問い、天皇帖はこの女性の手にあったことを知ったのである。

織江は、操とともに、天皇帖も、豪右衛門に奪われたのである。

「梶豪右衛門は、主人を殪したとあれば、当然、二帖を持って、姿をくらますと存じられますが……」

「お主を、刺客としてやとうことにいたそうか。こんどは、寝返りをうたれる心配はあるまい」

そう言って、美作守は、破顔した。すでに、配下の隠密たちを、八方に配って、水ももらさぬ準備を整えおわっているものとみえた。

「梶豪右衛門を斬るのは、それがしの役目と考えて居ります」

転は、きっぱりと言った。

「好むと好まざるとに拘らず――かの。お主が、斬るのもよかろう。されば、わしの配下は、こんどはお主にむかって、殺到するであろう。とどのつまりは、二帖は、わしの手元に届くことになる」

「さあ、それは、いかがなものでありましょうか」

転は、殺げた頬に微笑を刷いた。

「お主はお主で、勝手に豪右衛門を追うがよい」

「かしこまりました」

転は、頷いてから、

「てまえも、言わば、裏切者。貴方様には、泳がせ甲斐があろうと申すもの。たまには、こうして、わざと自分の方から網の中へも泳ぎ入って参ります。……てまえの目的とするところは、必ずやりとげてごらんに入れます。梶豪右衛門を斬って、二帖を奪いとり、これを交換の品にして、清姫をわが妻としてみせる――このことです」

その四

千枝が、「無風亭」へ戻って来たのは、同じ日であった。

戻って来た時、闇斎の姿は見えなかった。

千枝は、茶室に入って、ひとり点前(てまえ)をして、心をしずめた。

千枝が、闇斎に報告することとは、ことぶき殿が梶豪右衛門に暗殺された出来事だけであった。ほかのことは、何も判らなかった。あの屋敷にいた幾日間が、悪い夢でも見ていたような気がする。ことぶき殿は、ふしぎな老人であった。じぶんを間者と看破し乍(なが)ら、わざとすてておいてくれたばかりか、腹心との密談にも、退らせなかった。腰をもませ乍(なが)ら、若狭の蘇洞門の話をしてくれる時は、好々爺のようであった。立派な人物であったように思われる。

それでいて、あの屋敷内にこもっていた空気は、陰惨なものだった。

そういえば、この家のあるじも、立派な人物であり乍ら、行動に謎があり、どことなく暗い翳があった。大泥棒だ、と打明けられて肌寒くおぼえたことだった。

こうして、ひとりひっそりと坐っていると、すべての人が、信じられないような気がして来る。

じぶんが良人と思いきめた夢殿転には、想う女性がいた。しかも、それは、将軍家御息女だ、という。

そのことをきいて以来、片時も、千枝の脳裡から、はなれていなかった。

じぶんの方で、かってに、良人と思いきめたにすぎず、うらみに思う筋合ではなかった。転に、ほかに女性がいたとしても、これは、意外ではない筈だった。

御浜御殿から、脱出した舟の中で、転は、じぶんを犯しておいて、去る時に、地下牢に繋留されていた科というのは、将軍家御息女を犯したという疑いによるものであった、と正直に言いのこしたではないか。

ことぶき殿よりも、闇斎よりも、転こそ、最も暗い翳をもった男なのである。

その男を愛してしまったじぶんが、いとおしい。

転が、琉球中山王の王子であった、と知らされたいまは、千枝は、それまで、そっと心に描いていた、転との平和な生活は、あきらめていた。

どこか――海の辺(ほとり)か、山の奥かで、小さな庵を編んで、二人きりのしずかな日々を送る――その空想を、胸の奥で、あたためていた千枝であったが……。

闇斎が、戻って来たのは、次の日の黄昏刻であった。

千枝は、おどろいた。別人ではないか、と思われるくらい、闇斎の貌は、憔悴していた。

「どうなさいました？　お加減がわるいのでございませぬか？」

「いや、べつだんのことはない」

闇斎は、笑って、かぶりをふってみせた。

医学にも通じている闇斎は、胃に癌腫ができていることを知っていた。ここ数日で、急に悪化して、絶え間ない疼痛がともない、食物は何ひとつ咽喉を通らなくなっていたのである。

「屋敷から、よく暇をとれたな？」

「それが……」

千枝は、その出来事を語った。

黙って聴き終えた闇斎は、

「ご苦労だった」

一言だけ、ねぎらって、大儀そうに、その場へ横になった。

千枝が、枕と掻巻をとりに立とうとした時であった。

「闇斎！」

庭さきから、障子を透して、呼んだ者があった。

闇斎は、動かず、目蓋だけひらいた。

「待って居ったが、一向に現われぬ故、こちらから出かけて来た」

十六夜十兵衛であった。

「……」

闇斎は、なお、沈黙をつづけた。

「老いぼれて女房の讐（あだ）を復（う）つ気力もないか！」

あざけられて、闇斎は、わずかに、頬の筋肉を、ひくとひきつらせた。

やおら、起き上った闇斎は、

「お主がその隻腕を売った梶豪右衛門は、おそらく、薩摩屋敷から、逐電いたした筈。といたせば、お主の刺客の役目もおわったのではないか？」

「果し合いに参ったのは、おれ一個の目的のためだ」

「自身の――？」

「左様」

「なんの目的か？」

「貴様に告げたところで、はじまらぬ。出て来い！」

「……」

闇斎は、咄嗟の思案をめぐらしていたが、つと立って、床の間に寄り、掛物の風鎮をはずして、巻軸をねじり、中から、ひと巻きの紙片をとり出した。

それを、千枝に手渡すと、

「にげるがよい」

と、ささやいた。

「……？」

不安で、胸をおどらせる千枝を、闇斎は、鋭く見据えて、

「彼奴めの目的は、そなたなのだ。わしが、時をかせぐあいだに、できるだけ遠方へ、にげるがよい」

「……」

「この絵図面は、大奥帖の中から破りとっておいたものだ。夢殿転にめぐり会うたなら、渡すがよい」

「……」

「わしが障子を開けて庭へ降りるまで、そなたは、ここに、にげる気配をみせずに坐って居るのだ。彼奴を、母屋前の路地口まで追いつめたならば、にげるのだぞ」

死期を迎えた闇斎が、この世で為す最後の行いが、このこととなった。

その五

清姫が、伊勢笠に杖をついた、武家女房の旅姿になり、武蔵野を渡って、古刹深大寺をおとずれたのは、偶然ではなかった。

転から、そこで育ったことをきいていたので、一度は、たずねて行ってみたい、と念願していたのである。もし、身を寄せさせてもらえるものなら、この上のよろこびはなかった。

生れてはじめて、ただひとりで、ぼうぼうたる原野へ出た清姫は、しかし、心細さよりも、解放感に心を明るいものにした。

眩しい初夏の装いになった景色は、のびやかで、平和で、美しかった。遠くで啼く牛の声も、梢でさわぐ鳥の羽音も、小さな野花も、小川の流れも、すべてが、清姫の心をなごませた。

道を尋ねると、鍬をふる手をやすめた百姓は、わざわざ手拭を顔からはずして、親切であった。

丘陵へさしかかると、林の中から、きれいな唄ごえがひびいて来た。

　雨よ降り止め
お寺のわきの
柿の木蔭に
雉子が啼く

清姫は、微笑して、のぼって行った。

木立をくぐって、坂路へ出て来たのは、幼児を背負った若い女であった。

清姫は、こんな草ぶかいところで、思いがけず、きれいな品のいい顔だちを見出して、由緒ある家のひとであろうかと思いつつ、

「卒爾ながら――」

と、声をかけた。

「はい」

呼ばれた方もまた、笠の蔭の﨟たけた面差にはっとなっていた。

「深大寺は、これから、まだ少々の道程がありましょうか?」

「いえ、すぐでございます。ご案内いたしましょう」

「それには、およびませぬ」

清姫が辞退すると、あいては、にこにこして、

「わたくしどもも、深大寺へもどるのでございます」

「……?」

「わたくしどもは、深大寺の掛人でございます」

「まあ!」

清姫は、目をひらいて、あらためて、あいてを見戍（みまも）った。

「おいでなさいませ」

女――糸路は、さきに立った。

せなかの幼児が、くるりと顔をまわして、清姫へ、

「ばんば……ちっち、ね、ちっち――」

と、片手をのばした。

「ほほ……可愛らしい」

微笑をかえした清姫は、その小さな、ふっくらとした五指を、そっと、把ってみた。

すると、なんともいえぬやわらかさ、あたたかさが、胸につたわって来て、微かな疼きとなった。

……生んで、すぐにひきはなされてしまったわが子が、生きていれば、これぐらいであろうか、と思わずにはいられなかったのである。

「どなたにお会いしても、すぐに、小鳥をとってくれ、とせがむのでございます」

糸路は、そう告げて、

「ほらほら、若さま、小鳥が怕（こわ）がって、みんな、空へとび立ってしまいます」

と、頭上を指さしていた。

坂路をのぼりついてから、糸路は、杉木立の中に見える山門を、清姫に指さした。

「あそこでございます」

「あ——」

清姫は、頷いてから、

「大きなお寺ですのね」

「はい——」

糸路は、あらためて清姫を見かえして、

「お住持殿は、ただいま、高野の方へ参られて居りますが、御用向きを、わたくしがうけたまわっておいて、おつたえいたしてもよろしゅうございます」

と、言った。

このような䕃たけた婦人が、わざわざ一人でおとずれて来るには、何か深い仔細があるように思われたことだった。

清姫は、住持が留守ときいて、失望した。

「貴女は、お住持と縁故のあるひとですか？」

「いえ、このお寺をたよって行くように、あるお方から申渡されましたので、掛人となりました」

「実は……」

清姫は、ちょっと言いよどんだが、思いきって、

「わたくしも、なんの縁故もありませぬが、しばらく逗留させて頂けたならばと存じて……」

「左様でございましたか。よろしければ、わたくしどもが住まわせて頂いている離れの庵においでなさいませ。三部屋ございますゆえ……このお子のいたずらさえ、がまんして頂けますれば、いつまでも、おとどまりなされませ」

清姫は、幼児を眺めた。

この若い女が、若さま、とか、お子、とか呼んでいるからには、身分のある主家の生れに相違あるまい。

「貴女は、この和子をお育てになっているのですか？」

「はい」

「お若いのに、よく辛抱なさいます」

「いたしかたがございませぬ。このお子には、双親が居りませぬ。……いえ、父親の方は、このお寺へ、このお子をともなって参った時、はじめて、もしかすれば、わたくしにたよって行くように申渡されたお方ではなかろうか、と推測できたのでございますが……」

「……」

「偶然でございました。お住持殿も下男の年寄も、ひと目見て、生写しじゃ、と申されました。わたくしはまた、うっかりして、その方と、このお子が似ていることに気づかなかったのでございます。と申しますのも、その方にお会いしたのが、まったくの偶然でございましたので……」

糸路は、おしゃべりになっていた。

老いた下僕のほかに話対手のない、さびしい日々だったのである。

じぶんたちと同じように、掛人になりにやって来た美しい女性に、なんとなく親昵感をおぼえて、つい、問わず語りをはじめたのも、むりからぬことだった。

ところで——。

清姫は、糸路のおしゃべりをきき乍ら、幼児に目を当てているうちに、はっと、大きな衝撃を受けていたのである。

——似ている転殿に。

「もし——」

清姫は、山門をくぐった時、立ちどまって、糸路を瞶(みつ)めた。

糸路は、あいての遽(にわか)に緊張した面持にびっくりした。

「なにか……お気にさわったことを申しましたでしょうか？」

「い、いえ……。おうかがいしたいのは、その方——と申されるのは、もしや、夢殿転殿ではありませぬか？」

「まあ！」

糸路は、目を瞠(みは)った。

「転様を、ご存じでございましたか」

「このお子が、転殿の……」

「ご存じならば、よう似ていることにお気づきなさいますか？」

「わ、わかります！」

清姫は、喘ぐように、

「転殿のお子ならば、……母であるおひとは、ど、どなたでありましたろう?」

「それが、わかりませぬ。わたくしは、父の命令によって、このお子をお預りしただけでございますゆえ……」

庵に入って、炉をへだてて対座してから、糸路は、あらためて、くわしく、幼児を預ったことに就いて、じぶんの知る限りのことを語った。

清姫の様子があまりにも必死なものであったことは、糸路の胸の裡をさわがせたのである。

父は河合藤左衛門といい、二十九年前、琉球国から出府して来た若い中山王の接待役を勤めていた。中山王は、当歳の嫡子伊舎堂王子をつれていたが、藤左衛門は、公儀の命令によって、これを拉致して、匿してしまった。中山王は、幕府の狡猾な策略に、無念の泪をのみつつ、江戸を立去ったのである。

その伊舎堂王子の後身こそ、夢殿転であった。

転は、藤左衛門の手で、三歳まで育てられて、この深大寺に預けられたのであった。

糸路が生れた時には、藤左衛門は、倉辺典馬と改名して、お目付・本多甚左衛門の配下に加わり、本多邸の留守をまもっていた。

清姫は、糸路の話がおわらぬうちに、異常な感動のために、目眩きさえおぼえていた。

糸路の膝で、ねむってしまった幼児へ、灼けつくような眼眸をあてた清姫は、

——この子が！

と、胸の裡で、叫んでいた。

じぶんが生んだ子は、ひきはなされて、すぐに亡くなったときかされていたのである。死んではいなかったのである。こうして、すくすくと、見知らぬ娘の手で、育てられていたのである。

清姫は、糸路へ視線を移すと、口をひらこうとした。

しかし、なぜか、

「これは、わたくしの子です」

とは、言えなかった。

その六

夢殿転が、永井美作守邸を出た足で、まっすぐに、無風亭をおとずれたのは、ふと、千枝の俤(おもかげ)が、浮かんだからであった。

——預けっぱなしで、すてておいた。

別れぎわに、自分の身のふりかたは、自分で考えるがいい、と冷たく言いのこしたものだったが、やはり、心の奥では、千枝の存在は消えてはいなかった。

隠宅のある雑木林に歩み入ると、転の殺(そ)げ頬に、自ら、微笑が刷かれた。

はじめて、この家にともなわれた折、無風亭主人から、人の世の無常が胸に来ると、つい、俗念をすてようとするのは人間の弱さだが、横道に俗念を逆手にとってみる方法があるが、ひとつ、その一例をごらんに入れると告げられて、おどろくべき光景を見せつけられたものであった。

主人が、妻女を仰臥させ、その裳裾をはぐって、沈んだ冷たい二本の下肢を、白羽二重の腰絹の中にあらわにし、その一脚を押し拡げた光景は、いまも、なお、ありありと、眼裡に在った。

あの時は、白昼夢の中にいる心地であったが、時が経つにつれて、あれこそは、生れた時のままの大らかな気分によって営まれた、むしろ美しい眺めであったように、思えるようになっていた。四十年もつれ添うた夫婦が、他人になんのはばかることなく、その陶酔にひたってみせたのである。

転が、生れてはじめて出会うた、最も人間らしいくらしをしている夫婦であった。

転は「無風亭」の舟板額のある玄関に立つと、放埒な甥が、ひさしぶりに、優しい伯父夫婦をおとずれでもしたような、ほのかな気分をおぼえた。

案内を乞うたが、屋内は、ひっそりとして、なんの応えもなかった。

転は、木戸へまわって、庭へ入った。

とたん――。

茶室の前の蹲踞（つくばい）の蔭に、倒れているその人の姿を見出して、はっとなった。

急いで、近寄ってみて、抱き起すまでもなく、事切れているのをみとめた。

――何者に？

この老人が、ただ者ではなかったことは、想像していたのである。むざと斬られるような不覚をとろうとは考えられないのだが、見事に一太刀で殪（たお）されているところをみれば、対手はよほどの使い手に相違なかった。

転は、遺骸を、茶室へはこび入れて、北向きに寝かせた。

——女たちの留守のあいだのできごとなのか？

——それとも、女たちは、もう、ここにいないのか？

わからぬままに、転は、しばらく、そこへ坐っていることにした。

やがて、裏口で、忍びやかに入って来る者の気配がした。

音をたてぬようにして、襖をひらいて、顔をのぞけたのは、千枝であった。逃げよ、と命じられたものの、不安がつのって、ひきかえして来たのであった。

千枝は、転と遺骸を、茶室の中に発見するや、感動と驚愕をないまぜた表情になって、一瞬、石になったように、声もたてなかった。

転は、千枝がすすみ入って来て遺骸に黙禱しおわるまで待って、しずかな声音で、

「何者のしわざか、おわかりか？」

と、訊ねた。

「十六夜十兵衛とか申す……」

「なに？　十六夜十兵衛に――？」

転は、愕然となった。

――十兵衛が、復讐に来たか？

咄嗟に、そう閃いたが、すぐに打消した。

小石川の空屋敷で、十兵衛は、自分と果し合いに敗れた時、気合をかけた者の姿をみとめるいとまはなかった筈である。

「何故に、十兵衛が、襲ったのか？」

「それは……」

千枝が、記憶を甦らせて、

「たしか、梶豪右衛門にやとわれて、刺客となったと、ききおよびました」

「そうか、梶豪右衛門に――」

ここでもまた、転は、その名をきかされねばならなかった。

……千枝は、闇斎が、遺言のようにしてのこした言葉を、伝えようとした時、はじめて、転に会えたよろこびで、身うちが熱くなるのをおぼえた。

——おれが、琉球王の子！

転は、唖然となった。

無風亭主人は、千枝にむかって、たしかに、そう言った、という。

千枝が語りおわってからも、なお、しばらく、転は、宙へ眸子を据えていたが、ふっと、自嗤した。

——おれが、かりに将軍家の落胤であったとしても、それがどうしたというのだ？

琉球王の嫡子であったことなど、いまのおのれに、なんの作用をするねうちもない。

それよりも、もっとはやく、この隠宅をおとずれるべきであった、と烈しく悔やまれた。

転は、遽に、焦燥にかられた。

——梶豪右衛門を追わねばならぬ！

そのことだった。

黙兵衛が、豪右衛門の行く先がどの方角か、さぐっている筈であった。

「千枝さん——」

「はい」

千枝は、まばたきもせず、転を瞶めた。

「そなたは、この家に、ひとりだけ、のこされた。ひとりで、くらせるか？」

「……」

「弟御の許へ戻るのは、まだ、早いとすれば、ここに住んでもらうよりほかはないが……」

「居りまする」

「さびしかろうが、そうしてもらおう」

「あの……貴方様は？」

「わたしか。わたしは、梶豪右衛門を討たねばならぬ。十六夜十兵衛と果し合う約束もある」

「わたくしは、貴方様を、良人と思い定めて居りまする」

千枝は、勇気を出して、言った。

「わたしには、将軍家の息女を、どうしても妻にせねばならぬ意気地がある」

「それも、存じて居ります。でも……」

千枝は、胸に一時にあふれる熱いものを、けんめいに抑えて、

「わたくしは、貴方様の妻であるという心がなければ、ひとりで、ここにくらすことは叶いませぬ」

「……」

必死に、すがりつく千枝の眼眸(まなざし)を受けとめつつ、転は生きてふたたび、この家に来れるかどうか、を考えた。

同じ日――。

松平中務少輔直元は、再び屋敷を抜け出して、巷へさまよい出ていた。

いまは、もう、清姫の行方をつきとめる執念も薄れ、ただ、屋敷内にとじこもっているると気が狂いそうになるので、ふらふら出て来たのである。

あてもなく、深川八幡前を行き過ぎようとした時、一人の町人が、近寄って来て、

「御大身様」

と、呼びかけて来た。

小ずるそうな目つきで、直元へにやっとしてみせた。

「無聊に苦しむ――というやつでございますかね。お退屈しのぎに、ひとつ、おもしろい場所へご案内申上げます」

直元のおっとりとした風貌と立派な服装が、男に、いい鴨だ、と目をつけさせたのである。

直元は、黙って、男のあとを跟(つ)いて行った。

深川岡場所は、すでに、吉原を凌いで大変な繁昌ぶりであった。土橋、仲町、新地、石場、櫓下、裾継、あひる等。

そして、この七場所は、一様の遊所ではなかった。呼出しの土地と、伏玉の土地とに区分されていた。

呼出しとは、酒楼へ女を呼出して遊ぶ。こども屋というのがあって、今日の芸者の見番会所という格で、女を大勢置いて、その需要にこたえていた。

伏玉というのは、酒楼が蓄えている女のことであった。すなわち、酒楼兼女郎屋であった。

呼出し芸者は、いまの不見転(みずてん)で、伏玉は高等淫売であった。

名物の辰巳の羽織芸妓は、これらの女とは区別され、純然たる芸を売物にして、滅多に客とは寝なかった。

ところで、深川がよいの大通(だいつう)は、呼出しや伏玉などはあきたらず、といって羽織芸妓を手間暇かけて口説くわずらわしさをきらって、もっと別の仕掛けの家をもとめるようになっていた。素人の後家や娘を、こっそりとりもたせたのである。

これを、「隠し家」といった。

男が、直元をつれて行ったのは、「隠し家」の一軒であった。

屋根裏のような、天井のひくい、うす汚れた一間へみちびかれて、直元が、聊かとまどった面持で、坐っていると、男が、上って来て、

「旦那様は、ご運がよろしゅうございます。今日は、十九になる、正真正銘の未通娘が参って居ります。決して、掛値じゃございません。ひと目ごらんになったら、十両でも高くない、と仰言います」

と、言って、一両の前渡しを要求した。

直元は、なんの興味も抱かぬままに、金を渡した。

男が消えて程なく、唐紙が、しずかに開けられた。

その七

いつの間にか、ほんのわずかばかり、とろとろと、まどろんだようであった。

ふっと、目ざめて、千枝は、思わず、反射的に、褥の中で、片手をのばした。

——あ、いらした！

寝息もたてずにねむっている転のからだにふれて、ほっとした。

そのまま、片手を、そこへ置いて、千枝は、闇に大きく目をひらいて、動かなかった。

いまこそ、本当に、夢殿転という男の妻になったような気がしている。

——これで、わたしは、ひとりで、生きてゆける。

じぶんに、あらためて、言いきかせていた。

しかし、それは、そう言いきかせなければ、一夜の幸福が、もう間もなく、消えてしまう恐怖に堪えられなくなるからであった。

室内にただようている闇は、もう夜のものではなかった。外は、明けているに相違なかった。

小鳥の啼き声が、きこえて来る。

千枝は、時間を停めたかった。

「泊って行こう」

転がそう言ってくれた昨夜の時刻まで、時間をひき戻したかった。

千枝は、愛する男のために、心もからだもひらく歓喜を、はじめてあじわったのである。

将軍家に犯された時は、恐怖と嫌悪しかなかった。そして、次いで、あの小舟の中で、転に、いきなり抱きすくめられた時も、恐怖こそなかったが、心身は、冷たくうつろであった。ただ、されるがままに、死んだようになっていたばかりである。

男にわが身をゆだねるためには、愛情の燃えることがいかに大切かということを、いまこそ、千枝は、さとったのであった。

転が先に横たわった褥に、そっと身を入れた瞬間から、千枝の胸も肌も、男とひとつに溶けようとする本能で、狂おしく喘いでいた。転に、抱き寄せられ、唇を合されるや、官能は一時に堰を切って、千枝は、女のつつましさを、かなぐりすてたのであった。

転の方が、千枝の力の烈しさに、おどろいて、いったん、顔をはなして、優しく、頬を愛撫し乍(なが)ら、

「わたしが、好きか？」

と、問うたものであった。

「死ぬほど！」

千枝は、必死に、転を見上げ乍ら、こたえたことだった。

転の片膝が、しずかに、腿のあいだに入って来て、脚を拡げさせて来た——あの、互いの下肢の太さや柔らかさやあたたかさによってともにひとつになろうとする昂奮を、その頂点にはこぶ瞬間を、千枝は、思い浮かべている。

——もう一度！

千枝は、転に、そうしてもらいたかった。

寝息もたてずにねむっている転に、いきなり、しがみついて、口説きたかった。

どうして、それができないのか。時間は、矢のように過ぎ去ってしまうではないか。

もしかすれば、永遠の別れになってしまうではないか。

千枝は、遽に、胸苦しいまでに烈しく搏って来た動悸に、ついに、たまらなくなって、そっと身を起すと、転の逞しい胸へ、顔を伏せた。

すると、ねむっているとばかり思っていた転が、双腕をまわして、優しく、背中を撫でた。

「夜が明けたようだな」

穏やかな声音に、千枝は、強く反撥して、

「いや！　いや！　いやです！」

と、小さく叫んで、身もだえした。

泪が、どっとあふれた。

転は、かるがると、千枝のからだを、下にすると、ぴったりと、おのが五体を押しつけた。

「千枝！」

「はい――」

「この幸せが、そなたの生涯を不幸にするかも知れぬ」

「いいえ！　いいえ！」

千枝は、官能の疼きと、血の奔騰で、全身に異常な力をみなぎらせると、それを、転のからだにからめた四肢へ集中した。

その白い細い、しなやかな肢体に、こんなにも、凄じい力があったかと、あらためて、転を、おどろかせた。

……それから、半刻のち。

千枝は、ようやく羞恥をとりもどして、そっと、褥から滑り出て、身じまいをととのえると、裏口から出た。

厨（くりや）で、お茶の用意をととのえておき、茶室をきれいに掃除して、転を待った。

しかし、転は、いつまで待っても、姿をあらわさなかった。

転はすでに、家を出て、遠くを歩いていた。

千枝との別離の場を持つことに堪えなかったからである。

同じ朝であった。

深川の「隠し家」の、うすぎたない一間で、松平中務少輔直元は、昨夜買った女と、対坐していた。

おとなしい娘であった。美しいという程ではないが、どことなく淋しげな面差は、直元の好みに叶った。色白の肌は、まだ、多くの男にけがされていないように思われた。

立居振舞いは、きちんとしていたし、言葉づかいもていねいであった。育ちはいやしくないのであろう。

ただ、口数もすくなく、黙っていると陰気なのが、深川がよいの連中には、気に入らないであろうが、直元には、かえって、それがよかった。

直元は、女のたてた点前を受け乍ら、

「そなたのような娘は、こういう場所には、ふさわしくない」

「……」

「いずれ、やむを得ぬ仕儀であったろうが、わしが、請け出してやろう」

「え?」

女は怪訝そうに、直元を見戍った。

「どうしてでございますか?」

「そなたが、あわれに思えるからだ」

「でも……わたくしのからだは、五十両で売られて居ります」

「五十両が百両でもよい」

「そんな……たった一夜だけのお客様に……」

「百夜かようても、心がふれ合わねば、別れれば、直ちに忘れる。そなたは、忘れられぬ女となるようだ」

女は、俯向いた。泪ぐんでいるようであった。

「そなた、本名は、なんと申す？」

「加枝、と申します」

「生れは、この江戸か？」

「いいえ、若狭でございます」

「若狭か、遠いな」

直元の沁々とした口調が、こらえていた泪を、はらはらと膝へしたたらせた。

ここへ売られて来て、加枝が、生きる唯一の方法として、胸に描いて来たのは、故郷の、静かな、美しい海や山や野や、わが家のたたずまいであった。

加枝は、それに、すがるよりほかはなかったのである。

「そうだ……。わしも若狭に行ってみようか」

不意に、直元が、言った。

われにかえって、加枝は、このふしぎな若い客を眺めた。

「若狭は、わしの母の故郷だ。幼い頃、よく、話をしてくれた。若狭の城の美しさや、蘇洞門の奇巌の眺めなど……」

直元は、加枝を見かえして、微笑した。

「そなたをつれて、参ろうか」

「えっ？」

「いつわりではない。わしは、浮世がいやになって居る。そなたと二人で、若狭の海辺に、小さな庵をむすんで、くらしてもよい。その方が、幸せかも知れぬ」

直元は、そう言って、おのれにその決意をさせるように、鋭い表情になった。

その八

当時――。

江戸からの旅立ちは、朝七つ時――今日の午前四時であった。日の短い季節は、世界はまだ闇で、一番鶏も啼かなかった。

高輪へ至って、ようやく、夜が明ける。

「高輪へ来て、忘れたることばかり」

とは、当時の旅人の情態を、端的に写している。

そこに大木戸があり、くぐれば、朱引外すなわち府外となる。

一瞥のうちに、眺めはかわるのであった。町も片側町になり、海に沿うて、牛町車町などが並ぶ。裏筋には、荷車を挽く牛の宿屋があった。

起波の句に、「芝浦や、車の上にはつ霞」というのがある。

すこし歩いて、立場になる。

茶屋があって、夏は、冷泉に熱汗を流して、心太を啜り、冬は、炉辺に榾の煤煙をしのび、自在鉤に燗鍋をかけて、手造り酒で暖気をとる趣向であった。

伊勢詣での講中、商人、六十六部、勤番侍……それぞれの足どりで、朝陽がななめにさしそめた街道を行く。

およそ二十数名の虚無僧の一団が、整然と列をつくって、大木戸を出たのは、早発ちの旅人が六郷のあたりに行ったかとおぼしい時刻であった。

黙々として、立場茶屋の前を通り過ぎて行った。

と——。

その一軒の床几に、往還へ背中を向けて腰かけていた一人の町人が、ゆっくりと頭をまわして、虚無僧団へ、鋭い視線を送った。

——こいつらだ！　まちがいはねえ！

頷いたのは、黙兵衛であった。

辛抱の要る待伏せであった。

もしかして、鎌倉古街道の方から、遠まわりして、程ケ谷へ抜けるのではあるまいか、と懸念していたのであった。が、堂々と大木戸から出て行ってくれた。有難いというものであった。

一日や二日、おくれても、行手には五十三次があるのである。ゆっくりと追跡すればいいのであった。

——転様は、彼奴らは、島原まで行くかも知れぬ、と仰言っていた。大坂から船便にするとしても、五十三次をまっすぐに歩くことは、これでまちがいない、ときまった。

転が、これを追って、どこで、襲うか——それだけが、問題であった。

——公儀随一と称せられた転様のことだ、万が一のぬかりもあるまいが……。

黙兵衛は、しかし、敵の頭数の多いのに、微かな不安をおぼえずにはいられなかった。

永井美作守は、その朝、根岸の御行の松の近くの隠れ家で、目をさました。

京育ちの愛妾は、すでに起き出ていて、美作守が、枕元の銀の鈴を鳴らすと、すぐに、美しく化粧した顔をのぞけた。

「先刻より、兵庫殿が参られて、殿のお目ざめをお待ちでございます」

「兵庫がの——」

美作守は、起き上ると、

「ここへ、通せ」

「ここへ——?」

「かまわぬ。急いで居ろう」

雨戸が繰られて、朝の微風を迎えた寝所へ、すっと入って来たのは、意外にも、薩摩の大伯父ことぶき殿の腹心であった人物であった。

日下部兵庫、という。

もともと薩藩の士であるが、いつの頃からか、主家を裏切っていたのである。この男を裏切らせたのは、美作守の辣腕といえる。

美作守が、梶豪右衛門が本多甚左衛門になりすませているのを、転よりも先に知っていたのは、この日下部兵庫のおかげであった。

兵庫は、ことぶき殿の無二の腹心のように見せかけて（いや、ある時期までは、たしかにそうであったに相違あるまいが）梶豪右衛門と協力し乍ら（なが）も、一方では、その監視を怠らずに、逐一、美作守の方へ密報していたのである。

「梶は、隠居を暗殺いたしたそうじゃな」

美作守が、まず、言った。

「それがしが、かけつけた時には、すでに事切れて居りました」

「梶は、どうやら、その方より、役者が一枚上ではなかったかな」

美作守は、皮肉をあびせた。

「無念乍ら（なが）、豪右衛門め、それがしが、殿の指揮を仰いで居ることを、看破いたした模様にて、猶予はならじと、急いだと思われます」

「天皇帖は、中御門織江から奪いとったに相違あるまいな？」

「たしかに——」

「大奥帖は十六夜十兵衛なる者が持って参った——そうであったな？」

「いかにも——」

「二帖を手に入れて、わが事成れり、と北叟笑みつつ、今朝がた、江戸を出て行き居ったか」

美作守は、ずばり言いあてた。

「どの街道を参った？」

「東海道を、まっすぐに上るものと思われます」

「東海道をな。自信たっぷりではないか」

「腕の立つ者を二十余名ひきつれて居ります」

「ふむ——」

美作守は、腕を拱いた。

「庭番どもに、追わせるかの」

「殿——」

兵庫は、緊張した面持をつづけ乍ら、

「もとより、それは、追わせて頂かねばなりませぬが、豪右衛門の方も、それに備える策は練って居るに相違ありませせぬ。それがしは、その追手とは別に、行動を起したく存じます」

「その方の配下に、手練者が居るのか？」

「おりまする。……大奥帖を手に入れて参った十六夜十兵衛を、それがしの味方につけました。腕前の程は、魔剣と申してはばかりませぬ」

「兵庫！」

「は――」

「梶の一行を追うのは、われわれだけではないぞ」

「と仰せられますと！」

「夢殿転、と申す、元隠密であった男が居る」

「噂は、きき及んで居ります」

「そやつが、追う。孤剣をもって、十数名の手練者を対手とするだけの力も勇気を持って居る」

「……」

「夢殿転に、先に、二帖を取られてはならぬ」

「かしこまりました。かまえて油断はいたしませぬ。……ただいまより、豪右衛門のあとを追いまする」

「首尾よく手に入れて参ったら、その方を、本多甚左衛門のあとに据えてつかわす」

美作守は、好餌を与えた。

兵庫が去ると、美作守は、入って来た愛妾に笑って、言った。

「もう一度、そなたを抱いて寝ようかの」

「おたわむれを――」

「たわむれではないぞ。それぐらいの精力がなくて、天下の支配はできぬ。はははは」

その九

九十九折(つづらおり)の険しい坂道は、高く天を掩(おお)うた杉並木のあいだを、次第に上って行く。

葉洩れ陽は、もう初夏の眩しさであったが、道の両側から匐(は)い出した羊歯(しだ)の葉や苔が、冷たい山気をふくんでいて、旅人は、暑さをおぼえないのであった。

山鳩が、啼いていた。

右方は、深い渓谷になり、瀬音がひびいていた。霧が、そこから湧きあがって、向いの山肌を撫で乍ら、うすれて行く。

黙々として、二十数名の虚無僧の列は、この坂道を登って行き、やがて、ふかくきれ込んだ山襞の凸部を曲ろうとする地点で、先達が立ち停った。

「ひと休みしよう」

天蓋をぬいだ貌は、これは、意外にも、本多主馬之助のものであった。

他の者たちも、天蓋をぬいだが、梶豪右衛門の貌は、見当らなかった。

もし、夢殿転が、これらの面々を眺めたならば、皮肉な微笑をつくったに相違ない。

公儀隠密——天の組、地の組、人の組の中に、それぞれ、親から与えられた姓名をすてて加わっていた者が、いつの間にか、この徒党の一員になっているのを、見出したからである。

梶豪右衛門の辣腕に依付したか、それとも豪右衛門が提示した条件に私欲をそそられたか……いずれにしても、公儀を裏切って、ここに、極秘の行動を起そうとしていることはあきらかであった。

「もう、そろそろ、追いつかれてもよい頃合だが……」

本多主馬之助は、そう言って、かたわらの男に、手をさし出した。

男は、すぐに、携えていた尺八を渡した。

絶壁の端に立った主馬之助は、それを片目に当てた。尺八と見せかけて、これは、遠眼鏡であった。

度を合せて、眼下の杉並木を探っていた主馬之助は、

「ふむ！」

頷いて、一同を見わたした。

「参ったぞ！」

一瞬、沈黙をまもる二十余名の面上に、緊張の色が、みなぎった。

追跡させるのが目的で、虚無僧に化けた一団であった。すなわち、追跡者たちを迎え撃って、これを殲滅する任務を与えられていた。

梶豪右衛門は、追跡者たちの裏をかいて、ほんの二三名をひきつれて、江戸を出た筈であった。すでに、自分たちの先を行っているのか、それとも、あとから歩いているのか、どのような変装をしているのか――これは、この一団にも知らされてはいなかった。

……山にしたがって、幾重にもめぐっている坂道は、途中でいくども目がとどかなく

なっているが、ある地点で、杉並木がまっすぐに上って来ているのが、見晴らせる。

その箇所を、木間隠れに、十数個の深編笠の影が、急いで来るのを、遠眼鏡が映したのであった。

二、三名が立ち上って、のびあがってみたが、肉眼では、よく見えなかった。

「お主たちの昨日の仲間だぞ」

主馬之助は、そう断定しておいて、

「やってもらおう。一人も通すまい！」

同じ時刻。――

十六夜十兵衛は、平塚の立場茶屋の奥の二畳で、鼠壁ぎわに、仰臥していた。

日下部兵庫に傭われて、梶豪右衛門を追うことになったが、組まれた党の中に入るのをきらい、単独に行動することを容れさせて、ぶらりと江戸を出て来たのであった。

べつに急ぐことはないのであった。

東海道は五十三次ある。そのあいだに、梶豪右衛門を発見するのは、さまでの難事ではない。日下部兵庫一行の方がさきに発見すれば、直ちに報せて来る手筈もできていた。

むしろ、十兵衛は、夢殿転との出会いの方を、のぞんでいた。雌雄を決する一戦を、この追跡旅のあいだにやってのけたい。そのためにも、単独の行動が必要であった。

衝立のむこうの落間の床几へ、誰かが入って来た様子に、十兵衛は、薄目をひらいた。

その様子があまりにしのびやかで、十兵衛の鋭い神経にふれたのである。

二人であった。

床几に就いてからも、しばらく沈黙をつづけていた。

「姫様、このまま京の御所へおもどりなされて、御謹慎遊ばされるなら、公儀も、これまでのことを水に流すと——これは、永井美作守殿の方から申出られたのでございますぞ」

おしつけるような声音は、かなり年配者のものだった。

「くりかえさずともよい。判って居ります」

これは、若い女の美しい声音だった。

「お判りならば、何卒、道中の儀は、この左近におまかせ下さいますよう。……姫様は、隙あれば、それがしをすてて、何処かへお姿をかくそうと遊ばす気配がございます」

「……」

「天皇帖もすでに、お失いになった今日、姫君はやはり姫君らしゅう！」

「くどい、左近！」

思わず、発しられた、鋭い一声であった。

十兵衛は、鎌首を擡げた。

衝立の、煤けた杉板の割れめから、視線を、そこへ送ってみた。

一瞥したところ、大きな商家の内儀が、年老いた番頭をつれて、伊勢詣ででもする姿と受けとれた。

しかし、伊勢笠の下の白い面立は、かくしようのない気品をそなえていたし、供の男の容貌も、公家ざむらいだと判れば、それ以外の何者でもなかった。

「姫様は、おひとりにおなり遊ばされて、もう一度、毘沙門党を組み直そうとでも、仰せられますのか？」

「わたくしは、会いたい人がいるのです」

中御門織江は、遠くへ目を置いて、言った。

「会いたい人と仰せられますと？」

「……」

「どなた様でございましょう？」

「夢殿転」

織江は、その名を告げた。

――ふむ！

遽（にわか）に、十兵衛の隻眼が、怪しく光った。

「夢殿転殿と申しますと？」

「ただの浪人者です」

「その御仁に、どうしてお会いなさりたいのでございましょう？」

「わたくしから、天皇帖を奪った梶豪右衛門を追うて、これをとらえて、斬る、と申されていました。わたくしはその検分がしたいのです」

「姫様！」

「わたくしは、この世で最も憎い男が、斬られる光景を、この目で見とどけたいのです」

このおり――。

茶屋の前の街道を、供揃い美々しく、大名行列が、しずしずと通って行った。

金紋の先箱につづいて、羅紗鞘の鳥毛の鎗、そのあとに薙刀二本が立てられてあるのは、どうやら、乗物の中は、どこかの御簾中と受けとれた。先箱の紋が、きわめてありふれているので、すぐには判断できなかった。

着替の衣服を蔵めてあるとおぼしい俠箱の数が多いのも、女行列の特長であった。

その十

「馬だ、馬――馬をやらんけえ」

あぶれた馬子が、松並木の根かたにあぐらをかいて、大声で、旅人たちへ、どなっていた。

「おっと、そこの御両人――」

呼びかけたのは、深編笠の武士と若い女の二人連れであった。夫婦でないことは、一瞥でわかった。

「へへへ……笠をかたむけ、人目をつつむ恋の道行、ってえやつだ。ちゃあんと、こちとらの眼力はお見通しだあ。御女中の方は、どうやら、箱根を越える前に、もう腰がひょろついていなさる。使いすぎだあな。木曽じゃ御嶽、甲州じゃ御嶽、お前は乗鞍、槍ケ嶽、そこで、わたしは、首ったけ——ときた」

馬子は、立ち上ると、馬を曳いて、そばへ寄って来た。

「旦那、駆落ちてえことに相成っていなさるんじゃ、たぶん、この御女中の通行手形をお持ちじゃござんすまい。箱根の関所は、入鉄砲に出女、ちイとばかり、うるそうござんすぜ、そこで、ひとつ、あっしの馬に乗掛けて下さりゃ、いい思案もあろうというもんでさあ」

しつっこく、つきまといはじめた。

最初のうちは、きこえぬふりをしていた武士も、ついに、むかっとなって、

「うるさいっ！」

と、どなった。

「うるさい？　うるさいとはご挨拶だ。せっかく、こちとら、親切に、関所くぐりを教えてやろう、と言ってやってるんじゃねえか」

馬子は、すごんだ。

この二人の道中を、くさいとにらんで、慍らせるこんたんで、つきまとったものに相違なかった。

「無礼者っ！」

武士は、身がまえた。

「おっと、抜こうってえのか！　しゃらくせえ、抜いてもらおうじゃねえか。刀や槍が怕くって、天下の東海道で、馬子がつとまるけえ。さあ、抜きやがれっ！」

馬子は、鞍わきへさしていた杖をひき抜くと、大形に肢をひらいて、ふりかぶった。

——どうせ、抜けやしめえ、勤番野郎！

それが馬子の誤算であった。

ぴかっと、白刃が、陽光を撥ねて煌いた。次の瞬間、馬子は、頬から頤へかけて、したたかな衝撃をくらい、

「や、やりゃがったな！」

噴く血潮を、片手でおさえて、悪鬼の形相になった。

「庶民にとって害虫にほかならぬおのれを、成敗してくれるのだ」

武士は、二の太刀をくれる構えをみせた。

馬子は、本能的に跳び退き乍ら、あらん限りの大声で、何か意味のとれぬ言葉を喚いた。

武士は、編笠の蔭から彼方に、空駕籠をすてた人足が息杖をひっ摑んで走ってくるのを見た。そして、後方をふりかえって、そちらからも、乗掛駄馬をすてた半裸の男たちが、駆けて来るのをみとめた。

「……ちっ！」

舌打ちした武士は、編笠をぬいで、若々しい貌を、陽の下にさらした。

松平直元に、ほかならなかった。

「加枝、並木のむこうへ、さがって居れ」

命じておいて、一気に、馬子へ迫ると、

「吠えるなっ！」

一喝しざま。びゅーっと第二撃をあびせた。

「うわあっ！」

頸根から、血飛沫（ちしぶき）あげて、馬子は、大きくばんざいした。

直元は、身を翻して、並木をくぐると、浜辺の方へ、奔った。それを追って、街道稼ぎの男たちは、口々に喚き乍（なが）ら躍った。

国府津袖ケ浦であった。

浜には、地曳網をひき乍（なが）らうたう漁夫たちの鄙歌があった。

右方からのびた相州真鶴の岬から、初島をむすぶ海原は、紺青を溶き延べて、沖あいに、真帆片帆を、浮かせていた。

直元は、磯馴れ松の疎林をくぐり抜けたとたん、

——しまった！

と、悔いた。

砂地は、袴を穿いていては、足をとられる。追跡して来る手輩は、褌むき出しの半裸である。

兵法に精進したわけでもない未だ二十歳の大名は、一瞬、恐怖にかられた。

——よし！　一人のこらず、討ち果してくれる！

走るのを止めた直元は、向きなおって、青眼にとると、

「来いっ！」

と、叫んだ。

手に手に得物を携げた男たちは喧嘩馴れした余裕を、顔つきにも、身がまえにも示し乍ら、ゆっくりと包囲して来た。

——身ぐるみ剝いで、海の中へ抛り込んでやる。

いずれの肚裡にも、そのこんたんがあるに相違なかった。

なまじの道場稽古をした者の木太刀よりも、この手輩の杖や棒の方が、はるかにおそるべき威力をそなえていた。

直元は、まだ、それに気づいてはいなかった。おのが一刀をたのむ武士の誇りが、敵の獲物を軽く見ていた。

男たちは、変におし黙って、すこしずつ、包囲の輪を縮めはじめた。これは、刺客たちの呼吸を合せた攻撃と全く同じであった、といえた。

直元は、苛立った。

「たわけどもっ！」

叫びとともに、正面の敵へ、ひと跳びに、襲いかかった。

そのひと振りが、空を搏った口惜しさに、かっとなったところを、

「野郎っ！」

と、背後から、とびかかられた。

腰骨が、砕けたか、と思われるくらい烈しい一撃を見舞われて、ぐらぐらとよろけた。

立ち直るいとまも与えられず、横あいから振り込んで来た棒で、手くびを打たれて、ぽろっ、と刀をとり落した。

夢中で、左手で脇差を抜いたが、同時に、後頭へ来た衝撃で、くらくらっと眩暈がして、つンのめり、そのまま、気遠くなった。

——殺される！

そう思った。

——こんなところで、下賤のやからに、殺されて！

無念の呟きのうちに、意識が、ふっと消えた。

……闇の中をもがきつつ、われにかえった直元は、顔を砂へ埋めて俯伏している現実

に気づいて、

——たすかった！

と、歓喜した。

疼く頭を、擡げた直元は、おのれの周囲に、意外な光景を見出した。

襲撃して来た男たちは、ことごとく、ぶざまな格好で、砂上へ倒れていたのである。

——ど、どうしたというのか？

きょろきょろと見まわした直元は、汀ちかくに、海へ向って佇んでいる一個の姿をみとめた。

着流しの浪人者であった。

——この者が、救うてくれたのか？

凝視していると、その視線を感じたように、浪人者は、ふりかえった。

直元は、その蒼白な、頬の殺げた、険しい面貌に、なぜともなく、冷たい戦慄が、背すじを這い降りるのをおぼえた。

「お、お主の、おかげか？」

「……」

無言で、近よった浪人者は、砂の上から、刀をひろうと、直元へ与えた。

よろめき立った直元は、

「忝けない」

と、礼をのべた。

浪人者は、背中を向けて歩き出し乍ら、

「大名のおん身で、幾万の家臣をすてて、身勝手な行動をとられると、かような目に遭われる」

と、言った。

「なに？」

直元は、目を光らせた。

自分の素姓を知るこの人物は、何者なのか？

その十一

「お、お主の尊名を、うかがいたい」

松平中務少輔という素姓を知っているこの救い手を、直元は、いつか、どこかで、視たような気がしてならなかった。

肩をならべて戻り乍(なが)ら、直元が、訊ねると、対手は、名のるかわりに、

「江戸へおもどりになることです」

と、すすめた。

「お主の尊名を――」

「おきかせする名前ではないのです」

これは、きっぱりとした語気で、拒んだ。

「し、しかし……わしは、以前に、お主と、どこかで、会うたような気がしてならぬ」

「いや、そんな筈はありますまい」

「では、どうして、わしを、中務少輔と知っているのか？」

「江戸家老の大久保房之進殿から、おたのまれした、ということにでも、しておいて頂きましょう」

「房之進は、わしが、江戸から出たとは、知らぬ筈だ」

直元は、苛立った。

自分の危急を救ってくれた対手であり乍ら、何故か、無気味な男であり、油断がならないように思えるのであった。

浪人者の方もまた、直元の猜疑深い眼眸がわずらわしいもののように、不機嫌な面持で、足早やに歩いた。

街道へ出ようとしかけて、浪人者は、並木のあいだに佇んで、こちらに必死な視線を送って来る女に、気づいた。

「……？」

眉宇をひそめ、その白い貌をよく視ようとすると、女は、すばやく、幹の蔭へ、姿をかくした。

「あれは、わしの連れだ」

直元に告げられて、浪人者は、頷いた。

「わたしの懇意な男の姪と、よく似ている面差だったものですから……。では、さきをいそいで居りますゆえ――」

一礼して、はなれた。

直元は、これ以上、しつっこく、訊くことはできなかった。

浪人者は、並木につないでおいた馬を曳き出すと、身軽くまたがったとみるや、西へむかって、馬脚をあおった。

もはや、直元へは、目もくれずに、かたわらを駆けぬけて、蹄の音を遠ざけて行った。

直元は、その後姿を見送りつつ、加枝のそばへ来た。

加枝の表情は、いつか、悲しいものに変っていた。

うつろな眸子を、みるみる小さくなって行く騎馬へあてつつ、ひくく、譫言（うわごと）のようにその名を呟いた。

「なに――？」

ききとがめた直元は、

「なんと申した？」

「……」

加枝は、はっと怯（お）じたように、顔を伏せた。

「そなた、いま、あの男の名を、口にいたしたであろう。やはり知合いであったのか？」

「はい――」

「何者だ？」

「……」

「申せ！」

「夢殿転様――と申されます」

「なにっ！」

直元の形相が、一変した。

「夢殿転！　彼奴がっ！」

反射的に、直元は、後を追って走り出した。

「旦那さまっ！」

加枝は、ひとりとりのこされる心細さに、悲鳴をあげた。

しかし、もはや、直元は、加枝など顧慮しているいとまはなかった。

妻を拉致し去った仇敵を発見して、むざむざ見遁せる道理がなかった。仇敵に危急を救われたことさえも、いまは、屈辱以外の何ものでもなかった。

二町あまりを躍起に駆けて、空馬を曳いている馬子を見つけるや、走り寄りざま、

「借りるぞっ！」

体あたりをくれておいて、たづなをうばうや、馬上の人となった。

「な、なにをしやがるっ！」

顔中を口にして喚いて、とびついて来た馬子を、容赦なく足蹴にしておいて、一気に駆け出した。

その十二

同じ頃合――箱根山中に於ては。

凄絶きわまる血闘がくりひろげられていた。

しかも、それは、ふしぎな闘いであった。双方孰(いず)れの口からも、一声も発せられず、ただ、彼処に、此処に、目まぐるしい跳躍のみが見られた。斬られて、仆(たお)れる者さえも、叫びを洩らさなかった。

登って来た公儀隠密団の行手をはばんで、木立の中から、虚無僧の群が、躍り出た時、幾秒間かの、無言の対峙があった。実は、昨日までは、ともに脈絡をとって働いて来た仲間であった。怨讐なくして、闘わねばならない運命を迎えて、一瞬の感慨が、脳裡を支配したものであったろう。

さきに口をきったのは、隠密団の指揮者の方であった。

佐藤鉄馬という。永井美作守の信頼を担っている人物で、隠密の家柄に生れたわけではなく、寄合衆のうちでも、格式の上の家に生れていたが、鋭く頭脳が切れるところから、桜田の庭番御用屋敷支配を命じられて、いつの間にか、頭領的地位に就いたのであった。

日比谷門外の鍋島家の囲いこみになっていた桜田の御用屋敷は、元は大奥女中の療養所であった。その長屋が、庭番の官宅であった。

庭番は、表面からみれば江戸城の内庭の監視に任ずる閑職であった。しかし、公儀の権勢をもって諸侯を圧倒する時代が去るとともに、逆に、庭番の隠密御用という本務は多忙となった。当然、その出入は厳秘に付し、職事の漏洩を防ぐために、一切世間との交際を絶ち、嫁娶さえも、同僚間で行われなければならなくなっていた。

近時、庭番が、三組（天・地・人）にわかれる隠密党を組織して以来、さらに、その行動に異常な秘密主義をとらざるを得なくなっていた。

したがって、彼らの住まう御用屋敷の支配ともなれば、余程の手腕を必要とした。佐藤鉄馬は、能く、この任を果して来た人物であった。

「行人の目のとどかぬ場所をえらんで、雌雄を決すべきだと存ずる」

佐藤鉄馬の申入れは、虚無僧側に容れられた。

えらばれたのは——。

芦の湖が、眼下に、神秘な濃いみどり色を湛えた駒ケ岳の鞍部であった。

血飛沫（ちしぶき）を散らすにはあまりにも美しい世界であった。

つい先程まで薄霧がたゆとうていたのが、いつの間にか散って、樹木一本もない柔かな草山が、明るく、陽ざしに照らし出されて、野の花の彩りは美しかった。高い山頂に、春はおそく来て、こいわ桜の群落は、いまが盛りなのであった。

はるか目路の果てに、相模湾の美しい曲線が、白い波によって引かれていたし、目をあげれば、遠く、富士や天城の諸峰が、かすんでいた。

約束の時刻を迎えて、なお、しばらく、このうららかな静けさは、つづいていた。

尋常の一戦ではなかった。

孫子にいう、

「兵は詭道(きどう)なり」

これであった。

敵を撃つに、疾速を欲するからには、正道に由るのはかえって不利であった。互いに、敵を熊羆(ゆうひ)の士と、知りすぎる程知っているだけに、場所と時刻を約束したからといって、正直に、それを守る愚を演ずるものではなかった。

突如——ひくい唸りをたてて、ひっそりと陽光を満たした草上の空間を、一個の白い球が、翔けすぎるのが、血闘のきっかけとなった。

それは、北側の疎林の中へ吸い込まれた——とみるや、もの凄い炸裂音とともに、濛っと、黒煙を噴きあげた。

いぶしだされたのは、虚無僧側であった。

しかし、決して、狼狽してはいなかったし、激昂の気色もみなぎらせてはいなかった。

木立から、一斉にぱっと躍り出て、風のように、斜面を駆け下る光景は、一人一人なんの隊形もとっていないかにみえて、実は、隠密側の次の奇襲に備えて、秩序ある連繋を保っていたのである。

遮二無二の突撃ではなかった。

それが証拠には、彼らが、個々に、まっしぐらに目ざしたところに――草地の凹みに、灌木の繁みに、野花の蔭に、敵もまた個々に分散して、ひそんでいたのである。

すなわち。

二十余名の虚無僧勢は、恰度半数の隠密たちに向って、正確に、二人ずつ、襲いかかったのであった。

刃金と刃金が嚙み合うひびきと、草を蹴散らす音のほかは、一切沈黙がまもられ、跳びはねては斬りむすび、斬りむすんでは跳びはねる闘争は、かえって、呶号や絶鳴をほとばしらせるより、凄惨な眺めであった。

佐藤鉄馬は、対手方の指揮者が、本多主馬之助であるのをみとめて、これを討つべく、襲って来た二名の敵と渡りあいつつも、主馬之助の立つ地点へ、次第に、位置を移して行った。

当然――衆寡敵せずの形勢が、あらわれるべきであった。にも拘らず、隠密勢は、いささかもひるまず、いや、かえって、次第に優勢にさえ思われる迎撃ぶりをしめした。

というのも――。

虚無僧側に投じられた白球には、黒煙の中に、劇毒が含められてあったのである。

虚無僧たちの三分の二以上が、なかば視力を奪われていた。

そのために、青草を血に染めて、倒れる者は、虚無僧側に、多きをかぞえた。

ついに、その頭数が、同等となるや、はじめて、佐藤鉄馬が、大声を発した。

「いまぞ！　敵は、ひるんだぞっ！」

おのれはまた、猛然と、主馬之助に向って、奔駆した。

「うぬっ！」

主馬之助は、眼球から血噴かさんばかりに凄じい形相になるや、われから、鉄馬めがけて、躍りかかった。

人間の怒涛がぶっつかりあい、刃と刃が嚙みあった。

——次の瞬間、二個の闘志のかたまりは、発条のように、ぱっと互いを突きとばして、一間を離れた。

構えをたてなおすいとまは、孰れの側にも与えられず、再び、だっと、斬り合った。

あとは、目と目を、歯と歯を、咫尺に迫らせて、渾身の力を罩めて押し合う固着状態を迎えた。

その周囲においては、おのが血と返り血をあびて、まさに悪鬼と悪鬼との殺しあう地獄図絵が、果てしもなくつづくかと思われた。

その十三

江戸を出て、はじめて行き着く大きな都会が、小田原である。しぜん、旅人の足も、ゆっくりとなる。どうせ、ここで一泊して、明朝早立ちの箱根越えとなるのであった。

伊勢詣での講中連などは、ここらあたりから、ようやく膝栗毛に馴れて来る。

「おうおう——見ろや、箱根は、陽がさしてやがるのに、しぐれて来たぜ。狐が嫁入りしてやがる」

「箱根は、年がら年中、狐の嫁入りだ。てめえの娘と同じだあ」

「なにをっ？」

「てめえの娘は、朝のうちに左隣りへ嫁に行ったら夜はさっさと戻って来て、次の朝は、右隣りへ行きやがって、また夜は戻って来やがったろう」

「やい、冗談も言っていいことと、わるいことがあるぞ」

「いやさ、それぐれえ、てめえの娘は、出戻ってばかりいやがるってえことよ。狐は箱根で、親爺は横根、嬶は昼寝で、娘は泣寝入りか」

「こん畜生。江戸では借金だらけで首を縮めていやがったくせに、小田原まで逃げて来ると、大層鼻息が荒くなりやがった」

「鼻息が荒くなくて、てめえら井戸の中の蛙を、伊勢までつれて行けるけえ。いいか、道中、一番大切なのは、時刻を知るこった。こいつは、鼻息で知るんだぞ。六つ四つ八つ時には、鼻息は右から多く出らあ。五つ九つ七つ時には、左孔からだ。半時半時には、左右かわるがわる出ることになってるんだ。右は丁、左は半で——博奕と同じだぞ」

「小僧の時から、他人様の鼻息ばかりうかがって来た奴は、ちがうもんだの」

「べらんめえ。鼻息の修業は、吉原の女郎の数だあ」

陽気に、がやがやと喋りちらし乍(なが)ら、小田原の東門江戸口をくぐって行った。

この講中の中に、たった一人だけ、黙々としている男がいた。

箱根の関所を越すのに、あいにく手形を途中で紛失してしまったので、どうか連れにしてくれろ、とたのみ込んで、ゆるされた男であった。

かたぎに化けた黙兵衛に、ほかならなかった。

わいわい講中に交っているのが、一番身を安全にする方法であったし、周囲に絶えず目を配っていても、目立たないのであった。

転と別行動をとっているのも、梶豪右衛門一行が、虚無僧の列をつくって行ったと報せると、転は、笑って、

「虚無僧に化けるのは、古い手だ。その中に、たぶん、梶は居るまい」

と、言ったのである。

梶豪右衛門は、全く別の姿に変って、道中しているに相違ない、と鋭く推測した転に、黙兵衛は、自分の迂潤を慙じて、こんどこそ、発見してやろうと、決意しなおしたのである。

こちらの顔は、対手に知られてしまっているのであった。こちらが見つける前に、対手から見つけられたら、万事休すであった。黙兵衛は、そこでわいわい講中を、隠れ蓑にしたのである。

「おい、大坂の旦那――」

一人に呼ばれて黙兵衛は、

「へえ」

と、まのびた返辞をした。大坂の小商人といつわっていたのである。

「小田原の旅籠は、どこがいいか、知ってなさるかい。百五十文の宿賃で、晩酌が二本ばかりついて、箱根越えの弁当をつくってくれるような旅龍がよ――」

「熊の野郎、虫のいいことをぬかしやがる。そんな旅籠が、あるもんけえ」

「もし、あったら、どうする、なあ、大坂の――」

「へえ」

黙兵衛は、ちょっと考えるふりをしてから、

「本陣のむかいに、神田屋というのがございますが、そこなら……」

「晩酌弁当つきで泊めると言いなさるかい?」

「あと十文ぐらいはずんでおやりなされば、……わたくしが、かけあってみますでございます」

「ありがてえ。そこにきめた」

一行が、その旅籠の前に辿り着いた時、本陣には、大名の宿泊があった。

それは、中御門織江たちが休んだ茶屋の前を通って行った女行列にまぎれもなかった。

黙兵衛は、はりめぐらされた幔幕の紋を眺めて、

——どこの松平か？

と、疑った。

その十四

まさしく——。

それは、いずこの「松平家」の御簾中でもなかった。

本陣奥の貴賓の室に入ったのは、女性ではなく、恰幅のいい大兵の武士であった。顔は、山岡頭巾で包んでいた。

上座に就いて、はじめて、頭巾をとりはらったが、正体は、梶豪右衛門であった。

追跡するすべての人々の意表に出て、女行列をしたてて、その乗物の中に身をかくしていたのである。

従って来た腹心三名へ、

「主馬之助から、報せはあったか?」

と、訊ねた。

「それが、未だ――」

一人が、気づかわしげに、見かえして、

「もう、そろそろ、報せが参ってもよろしいのですが……」

「庭番たちが、襲撃して来るとすれば、まず、箱根のほかは考えられぬが、あるいは、こちらの裏をかいて、駿河路あたりに、奇襲の用意をして居るのかも知れぬ」

豪右衛門は、そう言ったが、肚の裡では、箱根山中で血みどろの争闘が演じられ、主馬之助が果てたに相違ない、という確信があった。

はじめから、主馬之助を犠牲にするこんたんであった。

おのれの目的を遂げるためには、肉親であろうとも、敢えて生贄(いけにえ)にできる冷酷な性格の所有者であった。

くさむらに、朱にそまって臥伏している弟の無慚な姿が、ちらと脳裡を掠めたが、ただそれだけのことであった。

豪右衛門は、薄ら笑い乍ら、

「河辺、お主は、女をえらぶのが、よほど得意とみえるな」

と、言った。

女行列とみせかけるためには、供立ちの女中を揃えなければならなかった。河辺というこの腹心が、一人で、およそ十名あまりの女をつれて来たのである。

それぞれに、特長のある顔だちであり乍ら、豪右衛門の好みに適っていることでは、余分の女は一人もいなかった。道中の夜毎に、豪右衛門の伽をする役目を与えられていたのである。

顔だちもちがうように、その環境もちがい、水商売の女もいれば、浪人者の娘、後家、商家の出戻り、武家屋敷の召使など、さまざまであったが、これを、巧みに御簾中付きの御殿女中にしたてあげて、人目に疑わせぬようにしたのも、河辺の手腕といえた。

褥に入れてみて、はじめて、その素姓が判るしくみであった。

「頭領には、今夜は、どの女を召されますか！」

河辺は、無表情で、問うた。

「お主にまかせよう」

豪右衛門は、自分があじわった女を、翌夜は、この腹心たちが、分けあっているのを、すでにさとっていたが、これは知らぬ顔をすることにしていた。

夕餉は、一人で膳に向い、半刻のちには、もう、豪右衛門は、牀に就いていた。

河辺がつれて来た女は、細おもての、淋しげな翳をもっていた。

緋の長襦袢いちまいになって、豪右衛門のわきに横たわるまでの挙措に、ういういしさがのこっていた。

——河辺の奴、浪人者の娘を、百両程度で買うて来たか。

豪右衛門は、そう思い乍ら、猿臂をのばして、抱き寄せた。

小柄な女のからだには、未経験な顫えが起っていた。乳房をさぐりつつ、膝頭で、股間を押すと、かたく腿と腿を密着させて、すこしずつ、腰を引いた。

豪右衛門は、満足して、今夜の営みには、手間をかけることにした。

そのあとの睡りは、こころよい深さであった。

「……九つで、ござァい」

しんかんとひそまった街道を、拍子木の音を高くひびかせ乍ら、番太が告げて行く

——その声で、豪右衛門は、ふっと、目ざめた。

——はてな？

急に、心身が、鋭くひき緊るのをおぼえた。

物音がひびいたわけではない。別の夜気が、部屋の中へ流れ入って来たのでもない。

闇の中は、ひっそりとして、なんの気配もなかったのである。女の微かな寝息がきこえるばかりであった。

にも拘らず——。

豪右衛門は、何者かが、この闇の中にひそんでいる、と直感したのである。

武術においても一流を誇る腕前をそなえていたし、数知れぬ敵を持っている者のとぎすまされた感覚は、異様なくらい敏感だったのである。

睡っていても、常に、冴えた神経を用意していて、わが身を狙う気配があれば、いつでも、ぱっと意識をかえしているのであった。

これまで、たびたび、その経験があったし、

——何者かが、いる！

と、直感して、あやまったことはなかった。

そしてまた、この人物は、敵が迫って、わが生命が危機にさらされたとさとるや、ふしぎな快感さえあじわうのであった。

恐怖とか戦慄とか――そんな感覚は、どこかに、置き忘れて来ていた。

――いるのだ！

豪右衛門は、確信をもって、自分に頷き、そのまま、全神経を、あたりにくばった。

……女が、夢の中で、寝返って、むき出した四肢を押しつけて来た。

ぽってりと柔らかい、あたたかな下腹のあたりへ、片方のてのひらを置いて、これを愉しむ余裕さえあった。

忍んだ者の位置は、判らなかった。こちらが、未熟なのではなく、対手が、闇に身を溶いている習練に長けているのだ、といえた。

どちらかが、動かねば、この緊迫した沈黙の均衡は、破れないのであった。

こちらも我慢強いが、対手も忍耐に馴れていた。

時刻が、移った。

ついに――豪右衛門が、動いた。

枕もとの差料へ手をのばすかわりに、女をぐっと抱き寄せたのである。

女は、なかば意識を甦らせて、反応をしめした。

豪右衛門は、唇へ口を触れさせ乍ら、大きく双眸をひらいて、闇の一点を凝視した。

その時、はじめて、曲者の方も、その位置を明らかにした。

床の間に、立っていたのである。

次の瞬間、豪右衛門は、女をはねのけざま、差料を摑んだ。

居合の真髄である抜きつけは、豪右衛門の最も得意とするところであった。抜きつけは、刀で斬るのではなく、躰で斬る。その一瞬までに、丹田に気魄を充たしておき、鞘走らせる刀身に、それをほとばしらせる。鯉口を切るや、抜くというよりも、鞘の方を急速に後方へ引きすてるのであった。

刀身は、射はなたれた矢の迅さで、敵に向って、飛ぶ——。

褥の中から、五体が躍り立つのと、その飛剣は、一如のものであった。

きえーっ、と暗黒の夜気を、横薙ぎにした白刃は、充分の手ごたえを、使い手に告げた。

にも拘らず、曲者の方は、いかにも敏捷に、風を起して、天井へ跳躍してみせた。

「……むっ！」

曲者が抜きつけを予知して、おのが身がわりの物を用意していた、と知った豪右衛門は、はじめて、猛然たる憤りを発した。

天井を猿（ましら）のように駆ける、人間業でない秘術を示す曲者めがけて、

「えいっ！」

満身からの懸声をもって、豪右衛門は、畳を蹴った。

切先は、ぱっと、天井を割った。

「うぬっ！」

躍起に第三撃を送ろうとした豪右衛門に対して、金属性の唸りをたてて、何かが飛んで来た。

これを、豪右衛門が、辛うじて躱した時、曲者は、遠く、襖ぎわへ降り立っていった。

「旦那、今夜は、これで引上げますが、悪業の年貢の納め秋（どき）が来たことを、報せる使いだ、と思って頂きましょう」

「貴様、何者だ！」

「ご存じの筈だ」

「なに？」

「女行列で道中なさるとは、よう考えなさった。うっかりしていたら、まんまと、だまされるところだった」

「貴様！　黙兵衛とか申す鼠賊だな」

「おあてになった。清姫様を頂戴して逃げたのは、てまえだとお教えしておきましょう」

「……」

「二階堂の若様と、てまえの姪を、素裸にして、抱き合せてさいなんだ罪だけでも、同じ天道様をいただけない悪党なんだ、お前様は――。こっちは、ちゃんと見とどけてあるんだ。屋敷の池の底に、どんな生地獄があったか……」

「貴様、夢殿転の手下だな？」

「そうさ、お前様が女行列で道中しているのを、これから転様に注進に行くんだ。お前様の首を刎ねるのは、転様のお役目だ。いまのうちに、首を洗っておくことだ」

豪右衛門が、この男らしからぬ、かっと逆上して、悪魔のごとく躍りかかるや、黙兵衛は、再び、金属性の音を、闇に唸らせた。

振り下した白刃に、きりりっと巻きついたのは、鏈鋼（くさり）であった。

引きしぼられる力の強さに、豪右衛門は、不覚にも、両手を柄から、離した。

「忍び込んだ土産に、この刀を頂戴して参りますぜ」

黙兵衛は、それをすてぜりふにした。

すると、豪右衛門が、

「お、おのれっ！　そ、その刀をっ……」

と、狂ったような叫びをあげた。

その叫びに、重大な意味があったことに、黙兵衛は、しかし、その時は、気づかなかった。

その十五

箱根の関所を過ぎて、三島まで、下り三里二十八町。本馬（宿場で雇う荷駄）六百六十文、軽尻（人を乗せる馬）四百二十文。人足は、馬より安くて、本馬の半額であった。

箱根を越えれば、江戸が遠くなり、初旅ならば、未知の上方へのあこがれが、景色もすっかりあらたまったような気を起させる。

事実、三島の朝景色を、蕪村は句に描いて、

「朝霧や絵にかく夢の人通り」

まさに、濃い朝霧の中に、おぼろに浮いた三島神社の社殿を背景にして、数人の旅人を遠く彼方に消えて行かせ、馬や駕籠で過ぎ行く旅人を大写しにした広重の絵は、夢幻的な旅愁をたたえている。

伊勢笠をまぶかに傾けて、竹杖をついて行く商家の内儀姿に、年老いた番頭の供など、さしずめ、絶好の画裡の風情といえた。

黙々として、街道をひろって、やがて、この二人連れは、黄瀬川の土橋を越えた。

並木の松の枝ごしに仰ぐ富士が、美しい。

伊勢笠をあげて、遠い眼眸（まなざし）をなげた中御門織江は、ほっと、重い感慨を、ため息にした。

その時、うしろでひくい呻き声がもらされた。

ふりかえった織江は、反射的に、身構えた。

供の左近が、身を二つに折り曲げて地べたへ崩れ込み、襲った者は、白い頭巾をかぶった黒の着流しの浪人ていの男だった。

「なにをするぞ！」

「邪魔だから、当て落した」

陰気なこもり声が、冷やかにこたえた。

「おのれ！　何者じゃ？」

「見受けた通りの素浪人だ」

「襲うた存念をきこうぞ！」

「姫様と呼ばれる女のからだを欲しゅうなった。それだけの話だ」

「無礼なっ！」

「礼儀を知り、まともに人道を歩いて居れば、斯様な片端者になっては居らぬ」

頭巾の蔭の一眼は白濁していたし、片袖はダラリと殺げ落ちていた。

常人ならば、一瞥しただけで悪寒をおぼえ、道をさけるであろう。

しかし、織江は、ただの姫君ではなかった。

懐剣を抜きはなつと、臆せず、じっと睨みかえした。

前後の旅人たちが、思いもかけない光景に、仰天して、足を釘づけた。

「ふむ。できるな、姫様」

隻眼を細めた十六夜十兵衛は、それなりの姿勢で、二歩あまり詰めた。

織江が、袂と裾をひるがえして、一撃に出るのを眺めて、旅人たちは、ひとしく、

――やった！

と、思った。

動きは迅く、突きは鋭かった。

だが、次の刹那の光景は、旅人たちをして、あっけにとらせた。

懐剣は、高く宙に飛び、織江のからだが崩れた。それを、さっと肩にかつぐや、十兵衛は、並木の間を抜けて、奔(はし)り出したのであった。

風のような速影が、二町の彼方の竹藪の中へ吸い込まれるのは、あっという間であった。

織江が、意識を甦らせたのは、杣小屋(そまごや)らしい古ぼけた建物の中であった。

板の間の蓆の上へ、猿ぐつわをはめられ、後手にしばられて、ころがされていた。

隻眼の冷たい光を顔にあてられた不快感が、織江の目をひきつらせた。

十兵衛は、なお、視線をはなさず、

「姫様とは、気が狂った折に、一度会うている。あとを尾けているうちに、思い出した」

「……」

「梶豪右衛門に犯されて狂うたようだな。操をかえせ、と口走って居った。……おかげで、狂女の出現に邪魔されて、こちらは、夢殿転を討つ機会をのがした」

織江は、息をのんだ。

狂ったじぶんを、いつの間にか、転がたすけてくれていたのだが、その場に、この浪人者がいたという。

「おれに犯されて、もう一度、狂ってみるか、姫様？」

「む、むっ！」

織江は、目蓋をとじた。まなじりから、泪の玉が湧きあがった。

「その泪は、観念した証拠か――」

十兵衛は、猿臂をのばすと、織江の足くびを掴んだ。

織江は、抵抗しなかった。

ずるずると、引き寄せた十兵衛は、その片手を、脛から膝へ、そして、しっとりと汗ばんだ柔らかな内腿へ、匐い込ませた。

それでも、織江は、なんの反応も示さなかった。

十兵衛は、容赦なく、黒藻の下の、秘貝をさぐって、五指を蠢かせた。

その十六

舌を嚙み切って果てる。

織江にのこされていたのは、そのことだった。

そして、その瞬間が来た。

織江の脳裡を、走馬燈のように、過去の出来事が、あわただしく掠めすぎた。

眦（まなじり）から、いのちの雫にも似た一縷の泪がつたい落ちた。

織江は、暗黒の中に浮かびあがったひとつの俤へ、別れを告げた。

瞬間——織江に、舌を嚙み切らせるかわりに、はっと目蓋をひらかせたのは、なぜか、わが身から、十六夜十兵衛が、とび退いたためであった。

反射的に、織江も、はね起きて、片隅へ、遁げた。

十兵衛は、片膝立ちの居合構えをとって、隻眼を、戸口へ据えた。

人の気配が、戸外にあった。物音もたてずに忍び寄って来た気配に、尋常の者でない、と察知したのである。

……すっと、戸が開かれた。

陽ざしを背にした黒い影は、そのまま、そこに佇(たたず)んで、無言だった。

——血が匂う。

十兵衛は、嗅ぎとった。手負いであった。にも拘らず、その立姿は、静かにおちつきはらっている。

「なんだ?」

十兵衛は、吼えるように、あびせた。

対手は、薄ら笑って、

「妙なところで邂逅(めぐりあ)うたな、十兵衛——」

と、言った。

「なにっ？」

「わしを、忘れたか、十兵衛」

「……？」

透し視て、十兵衛は、ひくく、口のうちで呻きを噛んだ。

異母兄佐藤鉄馬にまぎれもなかった。

兄弟の父佐藤総左衛門は、伊豆に領地をもつ交代寄合で、六千石の旗本中でも大身であった。その妻は、鉄馬を生んで程なく逝き、以後、総左衛門は、娶らなかった。外に、水茶屋の女であった者に一戸を構えさせて、これに生ませたのが、十兵衛であった。

総左衛門は、一風変った、気骨のある人物で、胃癌をわずらって、死期を迎えるや、兄弟を、四谷伊賀町で「兵原草盧」を創めて、武道の鼓吹に尽瘁している平山行蔵に、預けたのであった。

平山行蔵は、近世に於いて、群を抜いた達人であった。実用武術を志して、これに生涯をささげた兵法者として、前後にその比を見ない。

家は、公儀伊賀衆で、武芸は長沼流、兵学は斎藤三太夫に、真貫流剣法は山田茂兵衛に、大島流槍術を松下清九郎に、渋川流柔術を渋川伴五郎時英に、武衛流砲術を井上貫流左衛門に師事した。

これら、行蔵の師たちは、孰れも、当代鉄中の錚々であって、山田茂兵衛ごときは、ある時、神田佐久間町に大火が起るや、時の将軍家が、富士見櫓にのぼって、見物している、とききつけて、直ちに、馬を駆って、濠端に立ち、大音声をはりあげて、

「民庶の難儀を、慰みに見物遊ばされるとは、一体、何事ぞ！　これぞ、桀紂の暴虐にあらずや！」

と、罵ったほどの剛直漢であった。

これらの師たちの薫陶を得て、行蔵は、武芸の蘊奥を極めるとともに、その人格をも成したのであった。

志すところは、戦場に於ける武芸であったから、行蔵の平生は、まことに厳しかった。着物は、極寒の時でも単衣で、足袋は穿かず、年中、板の間に一枚の薄い蒲団でやすんだ。一汁一菜の玄米食で、白湯しか飲まなかった。朝は、七つ（午前四時）に起きて、庭に立ち、居合を抜くこと三百本、次いで、長さ九尺の棒を千回素揮りした。

行蔵の猛烈な修行は、これにとどまらず、ある時、寒中、夜半に、水に浸って、幾刻

辛抱することができるかを、試そうと、水風呂に入った。流石に、四半刻も堪え難かったが、後には、睾丸を綿で包んで、徹宵、寒水に浸っていることができるようになった、という。

「兵原草盧」をひらいてから、行蔵の面目は、愈々遺憾なく発揮された。まさしく、武道の権化であった。

その塾は、兵学と儒学とを講ずる兵聖閣と、武術道場たる演武場から成立っていたが、邸内の構造は、宛然、戦国武将の館であった。式台には、鎧数本、鉄砲十挺を飾り、式台をまわれば、坊主畳三十畳ばかりの稽古場となっていた。その奥が居室で、和漢の書籍が山積し、具足櫃二つ、負荷一つ、壁には槍数十本がかけられてあり、床の間の掛物は、武蔵野に髑髏がさらされている図であった。

それに、自筆で、

　志士不忘在溝壑

　勇士不忘失其頭

と、賛してあった。

押込には、常時、四斗樽が据えてあり、佳日には、栓を抜いて、門弟に飲ませた。

稽古場には、居台の大筒三つ、四百目ぐらいの抱え筒二つ、ほかに射込桶やら鉄棒やら、長刀、大鎚、木太刀。

妻妾下碑を置かないので、屋内は破れ、庭前は、雑草茫々としていた。

「武芸十八般」というのは、行蔵が定めた名目であった。

佐藤鉄馬、十兵衛兄弟は、この稀世の兵法者の道場に住み込まされて、一日寸秒の油断もならぬ鍛錬を受けたのであった。

戦場本位の剣法のために、修行法の凄じさは、言語を絶し、これに幾年も堪える旗本の子弟は尠かった。

鉄馬、十兵衛兄弟が、よく堪えたのは、やはり狷介不覊（けんかいふき）の父の性格を継いでいたからでもあろうが、また天稟をそなえていたためでもあったのである。

殊に、わずか十歳にして、住み込まされた十兵衛の、刻苦精励は、はた目を驚嘆させた。

「兵原草廬」の剣法は、忠孝真貫流であり、これは「十四五歳必ズ初陣、銘々主人御馬先ニ於テ、必ズ潔キ忠死ヲ遂ゲ、忠孝ヲ立ツベキ事」と誓わせる、武士道の真面目をもって、本義としている流儀であった。したがって、少年に対して、厳しかった。

行蔵が、十兵衛の天稟を観て、もっぱら教えたのは、短剣の秘技であった。

忠孝真貫流規則のうち、

「当流の剣術、短刀を用ることは、格別に気勢を引立てんとの仕懸けなり。短刀を取りて、ためらうことあれば、忽ちに敗ること、踵をめぐらすべからず、因て撃刺をかまわず、この五体を以て敵の心胸を突きて、背後に抜け通る心にて踏込まざれば、敵の体にとどかざるなり、云々」

と、述べてある。

十兵衛は、一年余にして、この短剣の秘技を会得して、師をたじろがせた。

獰猛ともいえる烈しい気性、驚くべき天稟、そしていかなる残虐な修行にも堪えるねばり強さ――これを、行蔵は、愛した。

ひとり、兄の鉄馬だけは、十兵衛の内には、もうひとつ、冷酷無慚な天性がひそんでいるのを知っていてこの修行が、将来に益するかどうか、あやしんでいた。

二十歳になった時、はたして、十兵衛は、向島の酒楼に於て、薩摩隼人数名を対手にして、争い、これを悉く斬り伏せた。

行蔵は、その原因の愚劣さを面罵したが、十兵衛は、聊（いささ）かもひるまず、

「それがしは、今日の闘いに於いて、あらたに、先生もご存じない秘剣を会得いたしました。一派を立てて、十六夜流と名のろうか、と存じます」

と、言いはなった。

憤怒した行蔵は、一槍をとって、突きをくれた。

十兵衛は、坐ったまま、脇差を抜いてその柄を両断した。

その迅業に、行蔵が茫然としている隙に、奔って、式台に出るや、そこに飾られた鎧のひとつを、居合抜きに、割った。追って出た行蔵は、見事に両断された兜を眺めて、はじめて、肚の底から呻いた。

「狂狗を、巷に放った！」

その独語は、まさしく、適中した。

十兵衛は、この十余年間に、数知れず、人を斬りつづけて来た。

鉄馬は、剣鬼と化した弟にめぐり遇うのは、八年ぶりであった。

その十七

「十兵衛、悪業によって、一眼一腕になって、なお、目がさめぬのか？」

鉄馬は、静かな語気で、言った。

「おれが、どう生きようと、お主の指図は受けぬ」

十兵衛は、顔をそ向けて、言いすてた。

鉄馬は、織江を見やって、

「お女中――」

と、呼びかけた。

「そなたは、この男に犯されようとしておったな」

織江は、こたえるかわりに、立ち上った。

すると、十兵衛も、のそっと立って、その前をふさいだ。

「おれは、いったん、肚をきめたことは、必ず、やり遂げる」

薄ら笑いつつ、そう言った。

「十兵衛、その女性を、わしに渡せ」

「断わる！」

「ただの町家の者ではあるまい。わしに、まかさぬか」

「御免だ。……おれの女房にする」

「たわけたことを——。その女性の目を見い。お前を、虫けらのようにさげすんで居るではないか」

「虫けらで結構だ。その虫けらの女房に、堂上公家の女を、してくれるのだ」

「堂上公家？」

「左様、この姫君は、どうやら、前年、将軍家に所望されて、断わった中御門中将の息女と見てとった」

「なに！」

おどろいた鉄馬は、あらためて、織江へ、目を当てた。

「まことか、お女中？」

「……」

織江は、黙って、歩き出そうとした。

十兵衛は、その肩を摑んだ。

「女房にするぞ！」

「十兵衛！」

鉄馬が、叫んだ。

「おもてへ出い！」

十兵衛は、振りかえって、

「お主に、おれが斬れるのか！　その手負いで、このおれが……」

「出い！」

「よかろう」

一瞬、十兵衛は、織江の鳩尾へ拳を突き入れておいて、崩れ落ちるのを見とどけもせずに、土間へ降りた。

鉄馬は、すでに、外へ出て、足場をえらんでいた。

箱根山中で、我に倍する虚無僧の群と凄惨な血闘をくりひろげ、ついに、指揮者の本多主馬之助を斬り伏せたものの、おのれもまた、身に数箇所の深傷を負っていて、ここまで辿りつくだけの力しかのこしていなかった鉄馬である。

しかし、生ける悪鬼となり果てた弟が中御門家の息女を犯そうとしているのに行き合せた以上、看過することはできなかった。

兄弟が、見知らぬ土地の林中で、闘うのも前世から定められた因果であろうか、と胸中だけは、冷たく冴えさせて、刃こぼれた差料を抜きはなっていた。

同じ日、深大寺においても、異変があった。

糸路が「和子」と呼ぶ幼児とともに住む離れに、清姫が身を寄せてから、三日が過ぎていた。

その三日間の清姫の心情は、わが子を目の前にし乍ら、わが子と呼べない母親の、名状しがたい哀れさに満ちたものであった。

昼間は、それでも、糸路の手から渡してもらって、愛撫するなぐさめがあったが、夜が来て、隣室から、むずかる泣き声がひびいて来る時などは、胸が刺されるように痛んだ。添寝して、優しくあやす糸路が、憎くささえあった。

眠れぬ夜を、四たび迎えて、清姫は、非常の手段をとる決意をした。

静寂があまりにふかく、闇の底で、じーんと、空気が鳴るのをきき乍ら、清姫は、大きく目をひらいて、暗黒を瞶めていた。

決意はしたものの、なお、逡巡する気持はのこっていた。

——あの子を、胸に抱いて、何処へ行けばいいのであろう?

わが子と知ったからには、もはや、はなれることはできなかった。しかし、子を連れて、行くべきところは、どこにもなかったのである。逡巡する気持は、そのためであった。

——いえ！

清姫は、じぶんをはげました。

——母親がわが子を育てるのだ！　たとえ、乞食になっても！

清姫は、音をしのばせて、起き上った。

隣室との仕切襖をひらくのに、長い時間をかけて、清姫は、そろりと、忍び入った。

糸路は、幼児がむずかると、いつでも起きて、厠（かわや）へつれて行けるように、有明の灯を細めにつけ放しにしていた。

清姫にとって、糸路が、幼児よりすこしはなれて、むこう向きにやすんでくれているのが、さいわいであった。

清姫は、そっと、睡る幼児を、褥の中から、抱き上げた。

……糸路が、目をさましたのは、夜明けであった。

——ゆうべは、おとなしかった。

一度も起されなかったことを思いつつ寝がえった糸路は、そこにすがたがないのを知って、

「あ――?」

と、おどろいた。

あわてて、起きあがって、あたりを見わたした。

――わたくしが、ねむりこけていたので、おとなりで、和子を、厠へつれて行って下さったのか?

とっさに、そう思った。

「あの――もし!」

襖ごしに、声をかけてみた。

返辞がなかった。

糸路は、縁側へ出た。どこにも、気配はなく、光のない庭には、薄霧がただようて、鳥影も見当らなかった。

急に――糸路の胸に、直感的に、不吉な想像が来た。

その部屋へ入った糸路の目に、几上にのこされた置手紙が映った。

夢中で披いて、走り読み了えた糸路は茫然として、宙へ視線を据えた。

——あのかたが、清姫さま?!

いくばくかの自失の時間が流れてから、糸路は、はっとわれにかえって、立ち上った。

「いいえ！　あの方が、たとえ、将軍家のご息女であろうとも、和子の母親とは、きまっていない！　その証拠を見とどけるまで、お渡しするわけにはいかない！……わたくしは、とりかえさなければならぬ！」

やがて、武蔵野の原野の中の一筋道を、必死に急ぐ糸路の姿が、見られた。陽はまださして居らず、霧は、樹木を包んでいた。

その十八

雲が多く出て、陽が翳(かげ)ったり、また眩しく照りつけたりしていた。

風の落ちた午さがりの、ねむったような静かな林の中の坂道に、人影もない。左様、あまりに、しんと静寂が深いので、明るい明暗に彩られた、高い檜の根かたに、じっと蹲っている饅頭笠の托鉢僧のすがたも、石地蔵かなにかのように、風景の中に溶け込んでいる。

それが証拠に――。

えい、ほ

えい、ほ

掛声とともに、登って来た一挺の駕籠が、突然、先棒が後棒をふりかえって、意味ありげに、目くばせして、立ち停ったものだった。

あたりに人の気配はない、と思い込んだのである。

鎌倉の七切通しのひとつ――山之内庄へ抜ける坂の上でのことだった。

駕籠舁きたちは、ひと息入れるとみせかけて、駕籠を崖壁へ寄せると、顔見合せて、にやりとした。

「あ――もう、着きましたか?」

そう言って、顔をのぞけたのは、清姫であった。膝には、めぐり会うたわが子をのせて――。

「奥方様……。東慶寺は、ここから、半里ばかり、林の中を歩いて頂かなくちゃなりませぬ。なにしろ、乗りもの一切がご法度になって居りますので……へい」

「そうですか」

清姫はべつに不審を抱かずに、承知した。

「道がひどう悪うございますので、てまえが、お坊っちゃまをおんぶしてさしあげましょう」

清姫は、往還でやとった辻駕籠なのにこんな親切な人もいるのかと、感謝しつつ、

「たのみます」

と、わが子を、さし出した。

すると、幼児は、急に、怯えて、むずかった。

「へへへ、髭っ面が怕い、と仰せられる。……男の子は、もっと、度胸がなくっちゃいけねえやな」

駕籠舁きは、むりに、せなかへ、乗せた。

幼児は、わっと泣き声をたてて、その汗臭い半纏を、ぴしゃぴしゃとたたいた。

「いや！　いや！……糸路！　糸路！　たすけて——」

その叫びをきくと、清姫の胸が、きりっと痛んだ。

深大寺からつれ出して、朝がた、武蔵野の原野のただ中で、目をさまして糸路をもとめて泣き叫ぶ幼児を、清姫は、なだめすかすのに、どんなに苦労したろう。

ようやく、じぶんが生みの母親であることを言いきかせ、納得させ得ないまでも、これからさき、糸路にかわって、どんなにでも可愛がって進ぜる、と泪した甲斐があって、ここまで、ぶじに、だだをこねられずに来たのであった。

やはり、恐怖の本能をはたらかせる瞬間ともなれば、糸路に、救いをもとめることになる。

それが、清姫には、辛かった。

鎌倉の松ケ岡東慶寺に入って、二年か三年、この子とふたりきりで、ひっそりとくらしたいと決意している清姫であったが、糸路に救いをもとめる叫びをきけば、かどわかして来た罪が、重く胸にこたえるのであった。

「へへ、お坊っちゃま、泣くんじゃねえ。ひとつ、景色のいい道中唄でもきかせやしょうかい」

やんれ、こりゃ、こりゃ、

雲井波間を分けすえて、小田原の、

大磯、小磯うちつれて
コチャ
平塚女郎衆のお手枕
花の藤沢すぎかねて袖のつゆ
土にくだけて戸塚より
コチャ
程ケ谷までも物思い

うたい乍ら、とっとと小走る足が、早すぎて、清姫は、ついて行けず、

「もそっと、ゆっくり歩いて、もらえませぬか」

と、たのんだ。

そのとたんであった。

清姫は、駕籠舁きが、せおうた幼児を、くるっと、前へ抱きかかえるや、その口をふさいで、凄い形相で、じぶんを睨みつけるのに遭うて、ぎくっとなった。

「な、なにをします！」

「へへ、その餓鬼をとって食おうとは言いませんや」

これは、うしろから来た駕籠舁きがあびせた。

清姫は、戦慄で、全身が凍った。次の瞬間には、憤りで、火のように熱くなった。

「卑劣者たち！」

「なにしろね、こちとら、生れも育ちもいやしすぎて、まともなたのみじゃ品川の女郎だって、そっぽを向いて、あいてにしちゃくれやせんや。……大名旗本も男なら、こちとらも、男よ。一生のうち、いっぺんぐれえは、お前様のような美しい奥方様を抱いてみてえやな。そこで、ちイっと手荒だが、餓鬼を囮にして、抱かせて頂き奉ろうという寸法さ」

「ぶ、ぶ、無礼者！」

「さ——そういうあんばいに、無礼者めと、目くじらたてなさるおかんばせが、ふるいつきてえお美しさで、なんとも、こてえられねえ」

清姫は、咄嗟に、思いかえして、

「おねがいです。金子はのこらず、あげまする。ゆ、ゆるしてたも！」

と、両手を合せた。

破落戸（ごろつき）たちは、せせら笑った。

「その泣き顔が、また千両万両だ。……へへ、勿論、お持ちの金子は、のこらず、頂戴いたしやすぜ。そいつは、きまりきった話だあ」

「ああ……」

清姫は、女ひとりの旅のおそろしさを、はじめて思い知らされて、絶望のあまり眩暈におそわれた。

背後に迫った破落戸（ならずもの）は、容赦なく、むんずと、羽交締めて来た。

「な、なにをするのです！」

必死にもがこうとすると、前方の破落戸が、

「じたばたするねえ！　この餓鬼の生命が惜しけりゃ、一刻目をつむってりゃ、すむこった。……こちとら、気が短けえんだぞ！　面倒くせえから、この餓鬼の頸を、締めあげたくて、腕がむずむずしているんだ！」

と、呶鳴った。

清姫の全身から力が抜けた。

その十九

そのまま……ずるずると、ひき倒された清姫は、

――これも、糸路どのから、子供を奪った罪の報いであろうか！

と、目蓋をとじた。

「おい、熊、すまねえな。おさきに、突かせて貰うぜ」

ひき倒した方が言った。

幼児をかかえた方は、ふふんと鼻を鳴らして、

「突かれて、あきらめたところで、こっちは、泣かせてやるんだ。……あんまり時間をかけやがると承知しねえぞ」

「合点だあ――」

先番は、いきなり、節だらけの木の根のような片手を、清姫の裾へさし込むや、ぐっと脛を摑んで、

「柔らけえ！」

と、叫んだ。

瘧のように、そこから全身へ、悪寒が走って、清姫は、反射的に、はね起きようとした。

「やいっ！　餓鬼の生命とひきかえだぞ！」

悪鬼のように喚く形相に、清姫は、再び、ぐったりとなった。

爬虫の甲鱗のように、冷たいざらざらした掌は、脛を撫であげて、膝にふれ、そして内腿へ匐い上って来た。

生れてはじめて、白昼の陽光に曝される下肢の白い皮膚は、恐怖と羞恥で粟立ち、顫えた。

「ひっひっひ……柔らけえ！　柔らけえ！　搗きたての餅だあ！　畜生っ！」

極度な昂奮で、ぜいぜいと咽喉奥を鳴らし乍ら、一方の手で、膝頭を鷲摑みにして、ぐいっと開かせようとした刹那――。

「う、わあっ！」

背後で、仲間の絶叫がほとばしった。

「なんだ?」

振りかえった先番は、幼児を地べたへ落して、両手で顔を掩っている仲間を発見した。

その指のあいだから、みるみる鮮血が噴いた。

「ど、どうした?」

あわをくって、立ち上ったところを——おのれ自身もまた、びゅっと、飛んで来た石塊に、眉間を割られ、

「ぎやっ!」

と、ひっくりかえった。

はね起きて、夢中で、幼児をひろいあげて抱きしめた清姫は、三間のむこうに、うっそりと佇むたたず托鉢僧の姿を見出した。

松ケ岡東慶寺——駆入り寺。その由来は、すでに述べた。
親兄弟や良人の命令に背くことを許されぬ封建の世の女たちが、必死に逃げ込んで、三年間を、神妙にすごせば、身の自由が得られる——日本国土における唯一の女人救済

寺であった。

一刻ばかり後、清姫は、托鉢僧にともなわれて、その山門の前に立った。

後宇多天皇の勅筆になるという「東慶総持禅寺」の額が、かかげられていた。

寺院は、丘陵の中腹を領していた。石垣と土居が築かれ、大鐘、観音堂、方丈、仏殿の屋根が、木間がくれに、しだいに高く、そびえている。

「ここです」

饅頭笠を一度も擡げず、顔をかくした托鉢僧は、指さした。

総門は、駿府城から移建したもの、という。

男子禁制の札が、立ててある。駆入り女にとって、まさに、この門こそ、地獄と極楽の境目であった。もし、ここまで辿りついて、あと一歩で捕まろうとした場合は、櫛かあるいは下駄など、身につけた品を、門内に投げ込めば、寺に入ったとみなされ、追手を逃れ得る、といわれている。

門わきに設けられた番所と寺役所が、救いの手をさしのべてくれるのであった。

北方方丈の裏は断崖絶壁であったし、西方の裏山は鬱蒼たる老杉老松の密林となり、南方は鎌倉五山第四浄智寺と境を接していて、しかも、四周は、内外二重の高い塀が続らされてあるので、尋常の手段で、侵入は不可能なのであった。

「では、おつつがなく、おすごし遊ばされるよう――」托鉢僧は、いんぎんに別れの挨拶をして、はなれ去ろうとした。

「もし――お名前をおきかせ下さいませぬか。心にとめて、生涯、ご恩を忘れませぬゆえ……」

清姫は、ねがった。

「いや、名もなき雲水にすぎませぬ」

「いいえ、たとえ世間に知られずとも、わたくしひとりの心にだけは、とどめ置かせて下さいませぬか」

「それがしは――い、いや、愚僧は、罪深い前半生をすてて、放浪いたす者ゆえ、これしきの善根をなしたところで、なんのつぐないともならず……せめては、名も告げずに立去らせて頂くのが、あとの心がすがすがしいと申すもの」

そう言って、一礼して歩き出したが、数歩行って、立ち停ると、

「もしも、何処かで、夢殿転にめぐり会うたならば、姫君様には、ここにお入りになったと、お告げ申します」

と、言った。

清姫は、あっとなった。

知っていたのである、この雲水は――。

「も、もしっ！」

必死な声をかけたが、足早やに遠ざかる托鉢僧は、二度とふりかえらなかった。

再び、元の切通し坂をのぼって行く托鉢僧の、饅頭笠の下の感慨は、なんであったろうか。

公儀隠密――「地の一」の称号で呼ばれて、「地の七」であった夢殿転とともに、その秀れた腕前は知る人ぞ知る。その後身が、この僧であった。

隠密という、一切の人格を剝奪された存在がいやになって、いつの間にか、姿をくらまして、このような姿に変りはてていたのである。

坂を登りきってから、僧は、笠を擡げて、檜を仰いだ。

この老樹を、見かえり檜という。

駆入り寺へ急ぐ女たちが、ここまで来てもう大丈夫だと、ほっとひと息ついて、見かえる場所であった。その哀れな女たちを、その檜は、幾百年間にもわたって見まもってきたのである。

——あの幼児は、夢殿転の子だろうか？

僧は思った。

四年前、献上鶴が、宮（熱田）において殺され、自害しようとした清姫を、夢殿転がさらって逃げてからの、一切の経緯を、この「地の一」は、知っていた。

いや、永井美作守の命令を承けて、夢殿転を計略をもって生捕り、浜御殿の地下牢へとじこめたのは、この「地の一」だったのである。

ゆくりなくも——。

こんどは、清姫を救って、東慶寺に送りとどけるめぐりあわせとなった。

「坊主になったおかげで、この功徳を得た」

自身をわらうように、僧は、独語した。

その時、坂を駆け上って来る数騎とおぼしい馬蹄のひびきに、僧は、笠を傾けて、歩き出した。

五騎であった。いずれも、熊谷笠を、かぶっていた。

たちまちに、僧のかたわらを、矢のように過ぎて行った。
——はて?
それを見送った僧は、笠の下で、眉宇をひそめた。
——あれは、庭番衆だが……?
五騎のうちの殿の者の顔に、見おぼえがあった。
——たしかに、天の組の者たちに相違ない!
不吉な予感が、ふっと脳裡を掠めた。
清姫のあとを追って来たように思われたのである。
——別状はあるまい。姫は、ぶじに東慶寺に入られた。
僧は、不吉な予感をふりはらうと、ゆっくりと、坂を下りはじめた。
僧が、一人のういういしい若女房に行き会うたのは、坂を下りきった地点であった。
「鎌倉へ参るには、この切通しを越えればよろしいのでございますか?」
そう尋ねられて、僧は、頷いてやり、
「鎌倉の、どちらへ参られますな?」
と、問いかえした。

「東慶寺へ参ります」

ここにもまた、ひとり、不幸な女性がいた。

僧は、黙って、あいてを見戍(みまも)った。

若女房は、千枝であった。

その二十

切通しを下って行き乍(なが)ら、千枝は、いくども、あとを振りかえった。

東慶寺への道を尋ねた千枝は、その托鉢僧から、ひとつの重大な用件をたのまれたのである。

どうして、その雲水が、そのような重大なことを知っているのか、不審だった。

——あれは、托鉢僧に身をやつした、名のあるさむらいであろうか?

そう思いつつ、千枝は、遠ざかって行くその後姿を、見送ったのである。

托鉢僧は、千枝が、東慶寺へ入ろうとする女であると知るや、親切に道順を教えてくれてから、いったん、行きちがったが、呼びとめて、

「東慶寺へ行かれたら、ひとつ、おたのみ申したい儀があります」

と、言った。

「なんでございましょう。わたくしに、できますことならば……」

「貴女より、一足さきに、今日、東慶寺に入られた女性がござる。……これは、高貴の身分のおひとで、特に、その素姓を秘められて居ります。幼な児をつれておいでの方ゆえ、何かと、生活(すぎわい)がご不自由かと存ずる。もし、貴女さえよろしければ、幼な児の世話をして頂けまいか、と思うのです」

「かしこまりました。どうせ、東慶寺に参りましても、わたくしは、べつに、するべきことはありませぬから、よろこんで、お世話をさせて頂きます」

「忝けない。東慶寺に入る婦人がたは、のこらず、女と生れた不幸を背負うておいでだと存ずる。貴女も、そのお一人であろうが、その女性は、高貴にお生れになったことが、かえって、身の不運となり、つぶさに、浮世の辛酸を嘗められたのです。いまもなお、多くの密偵たちが、その行方をつきとめようと躍起になって居り、捕えれば、おそらくは、窃に、亡き者にするように下知を受けて居るに相違ないのです」

「それは……ご不幸な――」

千枝は、心から同情した。

幼な児をかかえて、暗殺の手からのがれようと、東慶寺に入るひとにくらべれば、いつかは、慕う人にめぐり会えるのぞみを抱き乍ら、一時、菩薩の庇護のもとに、心身を浄めておこうとするじぶんなど、ずいぶん幸せだと思わないではいられなかったのである。


同じ頃合、東慶寺総門の前を、碑女一人をつれた尼法師が、いかにも気品のあるものごしで、もどって来ていた。

この近隣の人々は、遠くから、その頭巾の色を見て、

「あ——御院代さまだ」

と、うなずく。

もう五十を越えた年配だが、その美しさは、評判たかいものであった。拝んだだけで、功徳を得られそうだ、と噂されているのであった。

番所から、番士が出て来て、

「おもどりなさいませ」

と一礼してから、何かささやこうとした。

その時、寺役所から、二人の武士が足早やにあらわれて、院代の前をふさいだ。

托鉢僧が、切通しで見かけた公儀隠密五騎のうちの二名であった。

「御院代に、申上げます」

隠密独特の冷たい無表情で、抑揚のない声音で言いかけた。

見かえす院代の眸子は、すずやかであった。

「将軍家御息女清姫君が、本日、お入りになったと承ります」

「……？」

院代は、初耳であったので、番士をかえり見た。

番士は、怯えた眼眸（まなざし）で、その意（こころ）を伝えて、顔を伏せた。院代は合点した。

「当寺は、どのような婦人が入っていても、外の人々にお教えすることは、禁じられて居ります。おこたえはできませぬ」

「当方にては、すでに調べはゆきとどいて居ります」

「貴方がたは、ご公儀の――？」

「左様、桜田の御用屋敷の者どもです。……清姫様をお迎えせよとの命を受けて居ります。御院代より、何卒、清姫様をご説得下さいますよう」

「将軍家御息女など、当寺には居りませぬ」

院代は、きっぱりと、こたえた。

「御院代！　清姫様をおもどし頂くのは、上様の御命令ですぞ！」

「たとえ上様の御命令であろうとも、居らぬ者は居りませぬ」

「……そらとぼけようとなさるのか？」

「当寺においては、前身が、いかなる素姓であったか、身分の上下、貧富のへだたりなど、一切問いませぬ。したがって、駆入って参る女性が、どのような家の妻であったか、娘であったか、そのようなことは、関り知らず――ただ、不幸な身をかくまうつとめのみをはたしまする。よしんば、その女性が、将軍家御息女であったとしても、ここでは、下層の出の女と同じ扱いをいたしまする。下層の女の出は、良人が引渡して欲しいと願い出ても許さずにおいて、将軍家の御息女は、お庭番衆の強請におそれて、引渡したとなれば、当寺の威厳は、地に堕ちましょう。……そもそも、当寺は、開山覚山尼様が、勅許を賜わりて、苦難薄倖の女人救済の悲願を行うために創設あそばされた総持にて、爾来、世々、時の権力の興亡にかかわりなく、存在は安堵されて参りました。足利幕府も、小田原北条氏も、太閤殿も、東照権現様も、当寺の法燈が絶えざるよう、禁制を下されて、大いなる庇護を加えられました。いわば、当寺は、ご公儀そのもののおまもり下さるところ――それを、上様ご自身が、禁制をお破りになるとは、まことに、きこえもはばかり、院代としては、納得しがたいところでありまする。……かりに、上様ご自身の御真筆があろうとも、これは、御老中へお返し申上げる筋合いかと存じまする。……何卒、おひきとりなされますよう」

言辞挙措こそ優しかったが、毅然として、一歩もひきさがらぬ気魄は、隠密たちを圧した。

その二十一

東慶寺は、中の門より内に、塔頭（たっちゅう）が五つあった。蔭涼軒方丈の北、海珠庵山門右、永福軒山門左、青松院仏殿東北、妙喜庵青松の北と――。

これらに、滞在している駆入女と逗留女は、現在でも百名を越えていた。

そして、女たちは、それぞれの希望によって、縫物をしたり、染織をしたり、料理をしたり、玩具をつくったりしていた。なかには、みごとな螺鈿(らでん)をつくる腕前の持主もいたし、また、羊羹づくりの達人もいて、月々、多額の収益を寺へ納めていた。浮川竹の男を遊ばせるすべしか知らなかった女は、料理や手習いや縫物を教えられていたし、商家のうすぐらい台所で半生をすごした女は、はじめて花道や茶道の作法を習っていた。

それぞれに、筆紙につくせぬ苦労をして来て、はじめて自由を得た女たちが集まっている世界であった。その雰囲気は、つつましくなごやかであった。

それぞれが、奉仕の心を持って、互いに、いたわりあっていた。

織機(はた)を織る者も、料理をつくる者も、それが、じぶんたちの身をまとい、口に入れるのであってみれば、仕事によろこびがあった。

……一歩、東慶寺山内に入れば、このささやかな幸せの空気は、すぐに感じられることだった。

若い尼僧が、明日の行事を告げに、各庵をまわって行く白いすがたが、黄昏の薄靄の中に、美しく眺められる。

観音堂のわきを、裏手の方へ行きかけようとした時であった。

不意に――。

観音堂の中から、黒い影が、風のように躍り出て来て、背後から、その口をふさぐや、かるがると、内部へかかえ込んだ。

そこにはさらに二人待ちかまえていた。

もがくことも、悲鳴を発するいとまも与えられなかった。

猿ぐつわをかまされ、両手をうしろで縛りあげられるや、拝跪の姿勢をとらされた。

そして、容赦もなく、裾を捲りあげられた。

十歳で剃髪得度して、十余年間、ついに、他人の目にふれさせたことのない下肢が臀部の上まで、しろじろと剝き出されるや、尼僧は、いかりとはずかしさで、気が遠くなった。

男の一人が、すばやく、行燈袴を脱ぎすてて、はだけた前を、剝き出された臀部へあてがった。尼僧の、遠くなろうとした意識は、そのおぞましい触感で、はっと、ひきもどされた。

はじめて、狂気のごとく、もがこうとしたが、左右から、肩と胴を摑まれていては、到底徒労であった。

床に膝をついた両脚は、大きく押し拡げられ、そのあいだに割り入った男は、ゆるゆると、前を擦り上げ、擦り下げた。

……ついに。

尼僧は、激しい疼痛に、全身を、びくんと痙攣させた。

それから、いくばくかの後――。

三方から、見下す男たちの中で、尼僧は痴呆のごとく、うなだれていた。

「清姫君のすまいは、どこだ？」

汚辱の拷問から解放された尼僧が、あびせられたのは、その詰問であった。

尼僧は、ただ死にたかった。

いつまでも、うなだれてこたえぬ犠牲者を、冷やかに見下す公儀隠密たちには、こたえを待つ辛抱強さがあった。

「さ――こたえてもらおう」

一人が、頤（あご）へ手をかけて、仰向かせた。

閉じた目蓋のはしから、泪が盛りあがって、頬をつたい落ちた。

「こたえないならば、気の毒だが、次の者が、そなたを犯すことになるのだ」

残忍な脅迫が、その泪に対してつきつけられた。

清姫は、その時、蔭涼軒方丈の奥に、ひっそりと建つ茅葺きの唐様庵にいた。

これは、開山の頃から在るのかとおぼしい古い建物であった。昨日まで、院代が、茶室として使っていたのを、あけてくれたのである。

中央に炉が切られ、扇面をかたどった自在鉤手から、時代色のついた茶釜がさげてあった。

床の間には古筆切、その下に雲鶴の香炉。そのわきの壁ぎわに、小屛風がたてられ、茶道具一式がそろえてあった。

――明日から、わが子を育て乍ら、茶道三昧にくらすことになるのだろうか？

さすがに、侘しく、清姫は、こうして孤坐しているじぶんを、瞶めていた。

次の間の床には、幼児が、寝息をたてずに、ふかく睡り入っている。

闇が落ちた外には、松風の音があった。それが、なんとも言おう様のない寂しさを、わが身につたえて来るのであった。

――転殿に、めぐり会える日が、はたして来るであろうか？

心の裡にともして来た希望の灯が、ふっと、またたいて、消えかかる心細さであった。

大奥で生れて、儀礼のみをまもる老女の手で育てられ、躾られた清姫は、いまだ、心から高い声をたてて笑ったこともない女性であった。

夢殿転によって、別の世界へ拉致されたとはいえ、男の抱擁は、愛情を奔騰させたものではなかったし、これに応える情熱を、清姫は、知らなかった。

転とひきはなされた時、いつか、清姫は、じぶんが、転なくしては生きていけない女になっていることを知ってはいたものの、それは、男から官能のよろこびを教えられていたためではなかった。

清姫は、つつしみもはじらいもかなぐりすてて、自由な、奔放な情熱をしめす以前で、転とひきはなされてしまったのである。

女の本能は、いま、それをもとめて、炉の中の熾火(おきび)のように、ひそかに燃えているのであった。

悦楽を知らずして、悲運のうちに、その人の子を生み、そして、その子をわが手にとりかえしたいま、清姫が、意識せずして欲しているのは、狂おしい情熱の奔騰であった。

ほっともらしたふかいため息が、その哀しさをしめしている。

桟唐戸が、しのびやかに、すっと開かれたのも、清姫は、気がつかなかった。

「清姫様にございましょうな？」

不意に、声をかけられて清姫は、反射的に懐剣を抜きはなって、振りかえった。

忍びの装束をした者三名が、ゆっくりと、迫って来た。

「お供つかまつります。何卒、下山下さいますよう――」

「何者の下知を受けた者たちじゃ？」

「申上げられませぬ」

「わたくしを生捕ろうと企てるのは、若年寄永井美作守であろう？」

「……」

無言で、隠密たちは、三方から、じりっとつめ寄って来た。

一瞬……。

清姫は、さっと立ち上るや、方丈へひびけと、

「曲者っ！　推参っ！」

と、叫んだ。

このおり、おもてには、偶然にも、千枝が、見知らぬ雲水の依頼をはたすべく、たずねて来ていた。

叫びをきいて、はっと立ちすくんだ。

次の瞬間、烈しい物音が、庵から噴いて出た。

そうして、悲鳴が……。

三個の黒影が、飛び出して来て、左方の木立の中へ、通り魔のごとく消えるのをみとめた千枝は、わななく足をふみしめて、庵へ入った。

そこに――炉のかたわらに、蘇芳にそまって仆れている女性を、一瞥して、息をのんだ千枝は、次の間から、火のつくように哭き乍ら、ちょこちょことあらわれた幼児を見出すや、われをわすれて、かけあがった。

「し、しっかりなさいませ！　……もし！　もしっ！」

抱き起して、耳もとで呼びかけると、目蓋と唇が、微かに顫えた。

「もしっ！　しっかりなさいませ！」

死相を観た千枝は、息をはずませ乍ら、

「なにか、申しのこされますことは、ございませぬか？」

と、訊ねた。

「こ、こどもを……」

顫える唇から、そのねがいの言葉がもらされた。

「はい！　かしこまりました。たしかにわたくしが、お引受けいたします」

「お、おねがい、……こ、この子を、ゆめ、ゆめどの……」

「えっ！　ゆめどの？　夢殿！」

「う、うたた、どのに……わ、わたして……」

「ああっ！」

千枝は、わが耳を疑った。

「夢殿転！」

「お、おねがい申します……転どのに、この子を、わたして、下さいますよう……」

薄倖の母は、その言葉を、この世にのこして、千枝の胸の中で、消えた。

その二十二

「東海道名所記」に記す。

大堰川（おおい）——駿河と遠江の境なり。また、あの世この世のさかいを見るほどの大河なり。南風には水まさり、西風には水おつる。大雨ふれば淵瀬かわること、たびたびにて定まらず。あるいは、東の山の岸に流れて、島田の駅を河中になす事もあり。あるいは西の方に流れて、金谷の山ぎわにそうこともあり。又は一筋の大河となって、大木を流し、大石を転ばすこともあり。または、あまたに分れて、河原のおもて一里ばかりが間に、幾すじも流るる時あり。

古より、舟も橋も渡すことかなわず。往来の旅客、人も馬も河の瀬を知らず下れば金谷に泊り、上れば島田に止まって、水の落るをあい待つなり。水たかければ、濁りてみなぎり、底には大石ながれこけて、渡りかかる人は、足をうたれ、水におぼれて死する者多し。水の深き時は、その賃かぎりなし。

夢殿転は、島田の宿で、雨に降り込められていた。

すでに、三日経っていて、雨はなお、あがる気配もなかった。

うす穢い旅籠の二階の床柱に、からだを凭りかけて、目蓋をとじている——その姿勢で、三日間をすごした。

尤も、昨日までは、輦台（れんだい）や肩車の徒渉は可能であった。急いでいる旅人たちは、川越人夫どもに、しこたまふっかけられるのを覚悟で、渉って行った。

転が、うごかなかったのは、梶豪右衛門が、まだ、この大井川を越えていないと、考えたからであった。

黙兵衛とは、三島でおちあい、豪右衛門が、女行列をしたてて道中していることをきいた。

黙兵衛に忍び込まれて、佩刀を奪われるや、豪右衛門の考えは、一変したようであった。

翌朝――。

女行列は、箱根へのぼらず、江戸へ向って、しずしずとひきかえして行ったのである。

あとを尾けた黙兵衛は、行列が、酒匂川を越えるや、東海道をそれて、大山の方向へ向って進み出したのを、見てとって、――しまった、とほぞを噛んだのであった。

もしや、という懸念はあったのだが、つい、ひかれて、尾けたのが、失敗であった。

乗物の中には、豪右衛門の替玉が乗っていることは、もはや、見とどけるまでもなかった。

女行列は、街道上で解散するのは、人目につくので、大山道へそれて、そこで、ちりぢりになろうとするものであった。

——豪右衛門は、別の姿に化けて、箱根を越えたに相違ない！

黙兵衛は、そう直感するや、韋駄天となって、箱根へふっとんだのであった。

しかし——。

ついに、豪右衛門が化けたと推測される姿を発見できずに、三島の宿で、転と、会ったのであった。

転は、その夜のうちに、馬脚をあおって、沼津、原宿、吉原、蒲原、由井、江尻、府中、鞠子、岡部、藤枝……と、一気に駆け過ぎたのであった。

昼夜をわかたぬ疾駆は、断じて、豪右衛門をして、この大井川を渉らせぬためであった。

今日は、完全に、川留になった。

転は、長滞泊で倦いた旅人たちがたてる騒音を、遠いものにきき乍ら、黙兵衛のあらわれるのを待っている。

黙兵衛が、かならず、豪右衛門を発見してくれると信じていた。

……転は、脳裡につぎつぎ浮かんで来る想念を、ひとつもこばまずに受け入れていた。

——おれが、琉球王の子か。

そのことを千枝からきいた時は、一瞬、唖然となったものの、すぐに、自らを嗤ったことだった。

——おれが、何者の子であろうが、いまのおれに、なんのかかわりがあろうか！

そう思い、そして、その場で忘れすてた筈であった。

しかし、ふしぎなことに、日が経つにつれて、この事実は、重い荷のように、転の心にのしかかって来ていた。

所詮、自分という男は、故郷とか家とか家族とか、そうしたものとは無縁に生きて行くべく、その出生の瞬間において運命づけられてしまった。

その陰湿な感慨が、今更に、転の胸中で、重く澱んでしまったのである。

——琉球というところへ、ひとつ、渡ってみてやろうか。

ふっと、そんな呟きを、もらしてみた。

そのおり、廊下を近づいてくる跫音がして、

「ごめん下さいまし」

と、商人らしい男の声が障子ごしに呼びかけた。

転が、こたえると、障子を開いたが、すぐには入らずに、敷居へ両手を置いて、

「失礼でございますが、夢殿転様と仰せられましょうか？」

「……」

夢殿転という姓名は、ごく限られた少数の人しか知らない筈であった。

大店の番頭風の男に、何気なさそうに口にされて、転は、疑った。

「てまえのあるじが、さきほど、廊下でお見かけいたしまして、うかがって参れ、と申しますので、失礼をかえりみず、おうかがい仕りました」

「あるじと、申されると」

「大坂北船場にて呉服問屋をいとなみまする三池屋の女あるじにございます」

「三池屋？」

まったく記憶になかった。

「わたくしが会うたひとではないようだが……」

「さ、そこのところは、てまえは何もうかがって居りませぬが、あるじの方では、夢殿転様に相違ない、なろうことなら、お目もじして、一献さしあげたい、と申して居りま

す。いかがなものでございましょう。おゆるし下さいますれば、あるじをこちらへつれて参りまするが……」

転は、ちょっと考えていたが、

「こちらから、挨拶に参ろう」

と、こたえた。

これは、いかにも、大坂——いや日本で屈指の呉服店の女主人らしい、堂々たる貫禄をそなえた婦人であった。

年齢は、もう四十を越えているであろうか。

ぽってりとした白い餅肌は、万人に一人かと思わせる程、艶々しく、美しかった。さほど美しい貌ではなく、むしろ、おかめの方に属するが、それが、かえって、大店の内儀にふさわしい愛嬌を生んで、対坐する者の心を明るくするようであった。

髪は後家であることをしめしていたが、年齢には派手な被布をまとうていた。

「ようこそ、おいで下さいました。わたくしの方から、ご挨拶にあがるのが礼儀でございますのに、恐れ入りましてございます」

座布団から降りて、鄭重に頭を下げ乍ら、いささかも卑屈ではなく、おっとりした優しさを湛えていた。

「わたしを、夢殿転とあてられたそうだが……」

「はい」

「わたしが夢殿転と名のってから、まだ二年も経たぬ。またその期間に、貴女と出会うたおぼえもない。どうして、おわかりか？」

転は、じっと、見据えた。

三池屋の女あるじは、当然予期していた質問とみえて、にっこりした。

「ご不審は、ご尤もでございます。実は、貴方様が、はたして、ただいま、夢殿転様とお名のりかどうか、心配して居りました。もちろん、貴方様と、言葉を交させて頂くのは、はじめてでございます」

転にとって、この言葉は、愈々不審を増すことだった。

「どういうのであろうか？」

「申上げまする」

そこで、はじめて、女あるじは、そこに坐っているお供の番頭や女中を、ひきさがらせた。

「貴方様は、琉球国の中山王様の御嫡子伊舍堂王子様でございましょう」

ずばりと言いあてた。

「……」

転は、こたえる言葉もなく、じっと、瞶（みつ）めかえした。

その二十三

三池屋の女あるじは、語りはじめた。

「左様、ちょうどいまから、三十年前に相成りまする。あたらしく琉球国の王となられた中山王様が、そのご挨拶に、はるばる、御出府あそばされた際、途中大坂にお立寄りになって、わたくしどもの店を、御宿になされたのでございます……」

当時、一人娘の美恵は、十三歳であったが、美しく化粧させられて、中山王の給仕役に出された。

中山王は、その可愛さに、目をほそめて、

「何かほしいものがあれば申出てよい」

と、言った。

美恵は、いたずら気を起して、中山王のそばで、侍女が抱いている当歳の赤子を指さして、

「そのややを下さいませ」

と、ねがった。

「これはこまる。中山王のあととりじゃ」

「でも、王様は、何でもほしいものはやると申されました。王様は、嘘つきでございます」

美恵は、真剣な面持で、言いはった。

中山王は、両手を畳について、あやまった。

翌朝、中山王は、美恵に、美しい珊瑚珠をちりばめたふところ鏡を与えておいて、江戸へ向って、発って行った。

それから一月後——。

中山王は、ふたたび、東海道をこえて、大坂へ戻って来た。

美恵また、ふたたび、給仕役として、出された。

その時、中山王は、伊舎堂王子をつれて居らず、別人のように暗い様子をしていた。

「王子様は、いかがなされました。わたくしにたまわらずに、江戸のどなたかに、たまわったのではございませぬか？」

美恵が、無邪気に訊ねると、中山王は、苦笑しかけて、それなり、歪んだ表情で、宙へ、うつろな眼眸を投げていた。

美恵が、じれて、返辞を促すと、中山王は、ようやく、淋しい微笑をつくって、

「王子は、かどわかされての……」

ぽつりとこたえた。

「まあ！」

美恵は、びっくりして、目を瞠ったが、すぐに、慍って、

「それごらんなさいませ。王子様を、うちへおのこしなされておけばよろしかったのです」

と、なじった。

「そうじゃ。その通りであった。そなたに、もらっておいてもらえば、このような悲し

い目に遭わずに、すんだ！」

それから、中山王は、何を考えたか、しばらく、美恵を凝視していたが、

「そなた、もしも、将来、王子を発見したら、どうするな？」

と、訊ねた。

美恵は、ためらわずに、

「立派な男子におなりのあかつき、わたくしは、側妾にして頂いて、この三池屋をさしあげます」

と、こたえた。

美恵は、すでに、番頭の一人を聟（むこ）にすることがきめられていて、その番頭が、いやでいやでたまらなかったのである。

王子を、ほんとうは、じぶんのこどもにしたかったのが、許婚者をきらうあまり、その側妾にしてもらったほうがましだ、と考えたのである。

「そうか――」

中山王は、頷いてから、

「王子をかどわかした者は、実は、わかっているのじゃ。しかし、その者がわるいので

はない。公儀の命令によって、やむなく犯したことと思われた。そこで、わしは、河合藤左衛門という者に、成長したならば、夢殿転と名のらせてくれるように、とたのんでおいた。夢殿、とは、わが中山王代々の王が、心に悩み苦しむことが起った時、ひとりかくれる館のことじゃ。転、とは、うたたあるさまの名にこそありけれ、からとった。王子のあわれな、孤独の宿運を想うからじゃ。……そなた、将来、夢殿転と名のる男に出会うたならば、それが、この中山王の子だと思うてくれよ」

そう言って、中山王は、黒い油紙に包んだ品を、美恵に手渡して、夢殿転に渡して欲しい、とたのんだ。

三十年経っても、めぐり会えなければ、この品は、そなたのものにして、なかをひらいてみるがよい、と言いのこしたのであった。

その約束の三十年が過ぎて——。

三池屋の女あるじとなった美恵は、奇しくも、夢殿転にめぐり会うたのであった。

廊下をあるいているおり、女中たちが、部屋に入ろうとする転の後姿を指さして、

「夢殿、って妙な苗字だね、あのさむらい——」

「でも、なんだか、夢殿転って、いい名まえじゃないか。あたしゃ、あのさむらいの、

つめたそうな顔は好きさ」

と、ささやきあっているのを、耳にして、美恵は、はっと、胸をとどろかせたのであった。

三十年前の物語をおわって、美恵は、

「貴方様は、ご自身が王子様であられることを、ご存じでございましたか？」

「そのことは、きわめて最近になって、知った。しかし、わたしには、どうでもよいことだと思いすてられた」

「おひとりで、ご苦労をなさいました」

「水呑み百姓のせがれでも、太閤になるし、領主のあと継ぎでも乞食になる。当人の心掛けの良し悪しもあろうし、生れた時からのさだめでもあろう」

つきはなすように言う転の暗い貌を、しずかに見戍(みまも)った美恵は、

「三池屋を欲しいとお思いになりませんか？」

「……？」

転は、美恵を見かえして、それが冗談ではないのに、おどろいた。

「わたしは、商法は、知らぬ。そんな大店を貰っても、迷惑なだけだ」

「では、王様からお預りした品ものだけを、おかえし申上げまする」

「受けとれと、言われるのであれば……」

「受けとって頂かねばなりませぬ。ただ、その前に、貴方様に、して頂かねばならぬことがございます」

「なんであろう?」

美恵は、立ち上ると、

「どうぞ、こちらへ——」

と、みちびいた。

奥の間に案内されて、転は、眉宇をひそめた。

そこには、褥がもうけられてあった。

枕をふたつ、ならべて——。

美恵は、はじらいもせずに、言った。

「わたくしは、王様にお約束いたしました。立派な男子におなりのあかつきには、側妾にして頂くと……」

その二十四

長い沈黙が、つづいた。

三池屋の女あるじは、辛抱づよく、転の返辞を待って、褥の裾に坐っていた。

ややはなれて、転は、腕を組み、眼眸(まなざし)を、花頭窓の外へ投げていた。

雨は、なお、しとしとと降りつづいていた。

……やがて。

やおら、頭をまわして、転は視線を、美恵にあてた。

「わたしは、そもじを側妾にする気は起らぬ」

「ただ一夜だけ、――とお願い申上げましても?」

「一夜も、三百六十五夜も、同じであろう」

「王様からお預りした品を、欲しいとはお思いになりませぬか?」

「そもじに、返す意志があればこのような手間をかけずとも、返してくれよう」

「いいえ」

ほのかに微笑し乍(なが)ら、美恵は、かぶりをふった。

「貴方様に、めぐり会うことが、このわたくしの、生涯の夢でございました。三十年抱きつづけた夢でございました。……夢が叶えられたいま、わたくしは、想いを遂げとう存じます」

「……」

転は、視線をそらして、再び、雨の庭を眺めやった。

――女の執念か……。

おぞましさに、転は微かな悪寒をおぼえた。

「転様――」

美恵は、叫んだ。

「はずかし乍(なが)ら、わたくしは処女(むすめ)でございます」

「……」

転は、おどろいて、見かえした。

美恵は、目を伏せて、言い継いだ。

「四十三歳の今日まで、ついに、男を知りませぬ」

それから、畳へ、両手をついた。

「お願いでございます。ただ一夜だけ……おなさけを賜わりとう存じます」

「……」

依然として、転の心は、動かなかった。

さらに、かなり長い沈黙の時間が流れてから、美恵は、顔を擡げると、

「では、せめて、わたくしの乳房だけでもお含み下さいますまいか」

「……」

「年老いた処女など、いとわしいばかりではございましょう。……せめては、侘しい女の夢を叶えてやるために、乳母とおぼしめして、乳房をお含み下さいますまいか」

転は、女の眸子が潤むのを見てとって、つい、頷いてしまった。

「有難う存じます」

美恵は、立ち上った。

転は、褥の裾で、美恵が、緞子の帯を解き、着物を肩からすべり落す音をきき乍ら、
なお、つよい逡巡で、迷うていた。

美恵は、白羽二重の下着も脱ぎすてると、燃えたつような緋縮緬の長襦袢いちまいに

なった。

そして、なやましく豊かに肉盈ちたからだを、しずかに、褥へ仰臥させると、目蓋をとじた。

転は、すばやく立去りたい衝動を抑えるために、暗い冷酷な表情になった。

やおら、視線をまわして、美恵の寝顔を視た。

その無心の色が、転の心を、なごやかせた。

そっと、いざり寄って、もはや、ためらわずに、緋縮緬の襟へ、手をかけた。

あらわになった隆起は、とうてい四十三歳の女のものとは思われなかった。

白桃のように、ふっくらと柔らかく、微かな息づきにつれて、仄かな香気さえ漂い出しているようであった。

美恵は、そっと、両手を、それに添えて、待った。

「ごめん――」

わざと、つめたい語気でことわって、転は顔を、それへ伏せた。

乳くびを、くわえて、ひと口吸った。

その刹那――名状しがたい、にがいものが、口腔いっぱいに、ひろがった。

――麻薬！

秀れた隠密であった転が、それを知らぬ筈はなかった。

「不、不覚！」

ぱっと、顔をはなして、美恵を睨みつけたが、その寝顔が、みるみるうちに、崩れ、ぼやけた。

遠のく意識のうちで、転が、湧かせたのは、

――女の過去話は、全くのいつわりであったのか？

そのことであった。


ふっと、われにかえった時、転は、おのれの四肢が、高手小手に縛りあげられているのをさとった。

それだけならば、なんのふしぎもないことだった。

そうした姿で、褥の中へ寝かされて、しかも、女に抱かれているのであった。

緋縮緬いちまいの豊艶な柔肌を、しんなりと、凭りかけるようにして、じっとして、こちらの寝顔を瞶(みつ)めているのを、転は、瞑目したまま、感じた。

柔肌のあたたかさと、重みと、そして脂粉の香が、男の官能に、しみわたる。朱唇から吐きかける息が熱い。

「どうするというのだ?」

転は、瞑目したまま、問うた。

女は、こたえるかわりに、頭と胴へかけた双腕に力をこめ、豊腰をひと捻りして、ぐっと、のしかかって来るや、やんわりと、転の耳朶を嚙んだ。

「……わたくしは、貴方様と契りたい」

熱い息とともに、ささやいた。刹那転は、肩と腰をまわして、女のからだを、はじきとばした。「ひっ!」

どこかをしたたか打ったらしく、悲鳴とともに、褥の外へ抛り出された女は、しばらく、あらわにはだけた白い肢体をうねらせていたが、やっと起き上ると、喘ぎ乍ら、

「こ、これは、わたくしの本意ではありませぬぞ」

と、言った。

「……」

転は、口をひらけば、自身をあざける言葉しか吐けそうになかったので、無言をま

もった。

女の表情は、むしろ悲しげに歪んでいた。

「わたくしが、三池屋の娘美恵であることに、いつわりはございません。王様に王子をさがし出してあげるお約束をしたことも……。ただ、王様からお預りした品を、まだ、肌身につけているると申したのは、嘘でした。三年前に、奪いとられてしまいました」

「梶豪右衛門にか」

転は、ずばりと言った。

美恵は、大きく目を瞠いて、瞶めかえした。

「当ったようだな」

転は、冷笑した。

「その品が、どんなしろものかべつに知りたくはないが、夢殿転を生捕る囮に、そもじを使う考えを、豪右衛門に起させる役には立ったようだな」

その二十五

その時、襖がひらいた。

転は、のっそりと入って来た大兵の武士を見上げて、

――これが梶豪右衛門か。

と、合点した。

いまはじめて、対面するのが、ふしぎなくらいであった。さまざまの凶悪な事件がからまりあい、その宿運の両端は、それぞれ摑んでいたのである。

転があらわれる場所には、豪右衛門の姿はなく、豪右衛門の出現もまた、転がいない時ばかりであった。

というよりも、転は、常に、豪右衛門の陰謀の網の中に飛込み乍らも、その首謀者が豪右衛門であることに気づかずに、面前の敵とばかり闘って来た、といえる。

いま、ようやくにして、両者は、その貌を正視しあった。

端坐して豪右衛門は、にやりとすると、

「この宿で、わしの来るのを待ちうけていたのだな、夢殿転氏」

その言葉を初対面の挨拶の代りとした。

「いかにも」

転は、こたえた。

「よもや、このようなぶざまな姿で、わしを迎えようとは、夢にも考えなんだであろう」

「まだ、勝負がついたわけではあるまい」

「左様、左様――勿論、勝負は、ついて居らぬ。お主のような秀れた男を、ここで、むざと、生命をおとさせる存念は毛頭ない。ただ、お主の生命とひきかえにしたい品があるので、このような細工を弄したまでだ」

「品?」

「まあよい、もうしばらく待てば、判ることだ。……それよりも、お主が、琉球王の子であったことは、意外であったし、大層面白いめぐりあわせと申すものだ。……ひとつ、きかせようかな」

豪右衛門は、老獪な微笑をつづけ乍ら、語を継いだ。

「お主の父親である中山王が、三十年前、お主がかどわかされるや、その怨みと憤りで、はるばる琉球からはこんで来た献上物の一部を、かくしてしまった。一部と申しても、それは、公儀へさし出した山のような貢物よりも、さらに何倍かの価値のある財宝であった。それは、船で、再び琉球へ、持ち帰られようとした。その船を、拿捕したのが、松平中務少輔の家中であった。……天皇帖と大奥帖が、松平藩によって作成されたことは、すでに、お主もさとっていることだろう。琉球船の財宝のことも、両帖へ記入された。……天皇帖・大奥帖とは、これは後年にいたって称されるようになったので、松平藩に於いては、ただ、甲帖・乙帖とよんでいたようだ。二帖をてらしあわせなければ、異国船から召上げた品々の隠匿場所が、わからぬように工夫したのは、松平藩要人たちの知恵であったろう。……やがて、公儀隠密が、藩邸へ忍び入って、甲帖をぬすみ取った。そして、これを江戸へ持ちかえって、西之丸大奥へさし出し、大奥帖と呼ぶことになった。松平藩では、乙帖の方がまた奪われるのをおそれて、これを、ひそかに、京の比丘尼御所のひとつに預けた。そこで、これを、いつの間にか、天皇帖と呼ぶようになった。天皇帖は天下覆滅を企図する中御門織江によって、ぬすみ出された。そして、めぐってこの梶豪右衛門の手に渡った」

「……」

転は、まばたきもせずに、豪右衛門を見かえし乍(なが)ら、

――成程、不死身の悪党とは、こういう面相であろうか。

と考えていた。

「大奥帖は、いったんお主がわがものにしたが、これまた、めぐって、わしの手中に落ちた。二帖は、まさに、わが懐中にある。莫大と申すもおろかな財宝は、九分九厘まで、この梶豪右衛門の所有と相成った」

「……」

「どうだな、夢殿転。お主は、ふたたび、伊舎堂王子に還って、琉球に渡る気は起らぬか?」

「……」

「お主には、中山王となる資格と権利がある。わしが、莫大な財宝を持って協力すれば、なんの、易々たることではないか」

豪右衛門は、その野望を、明らかにした。

「断わろう!」

転は、言下にしりぞけた。

「断わる? 一介の素浪人が、琉球王になれるのだぞ」

「人を視て、相談しかけるがよい……。お手前は、財宝は、九分九厘まで、手中に入った、と言ったな。何故、完全に、とは言わなかったか？　大きな不安をのこしているからだろう。……お気の毒だが、その不安は、やがて、現実となろう。財宝は、お手前のものとはならぬ！」

「お主が、奪うと申すか？」

「いかにも！」

「わしは、いま、お主を刺すことができるのだが……」

「刺す気があれば、すでに、刺して居ろう。刺せぬ理由があることは、お手前の方で口にした」

「そうであったな」

豪右衛門は、おちつきはらって、脇差を抜きはなつや、切先を、転の咽喉もとへ擬した。

そうしておいて、天井を仰いだ。

「降りて来い、鼠賊！」

天井裏にひそんだ者は、気配すらも感じさせなかったのだが、豪右衛門は、ちゃんと察知していたのである。

張りじまいの天井板がはずされ、ひらりと、畳へとび降りたのは、黙兵衛であった。

咄嗟に、転は、豪右衛門が、なぜ黙兵衛を待ちうけていたか、判断がつかなかった。

黙兵衛は、憮然たる面持で、そこへ坐った。

「おい、鼠賊、わしに返すものがあるだろう?」

豪右衛門が、言った。

——そうか!

転は、思いあたった。

小田原の本陣で、豪右衛門の部屋へ忍び入った黙兵衛が、その差料を奪いとって、逃げたことは、すでに、きいていたのである。

黙兵衛は、黙って、せおうた細長い包みものをおろして、前へ置いた。

「お返しいたしましょう」

「よし——」

「てまえのあるじを自由の身にして頂きましょうか」

「承知して居る」

豪右衛門は、転のいましめを、脇差で切った。

　この旅籠の階下で、突然、凄じい喧嘩が起ったのは、それからほどなくのことであった。

　昨夜泊った若い武士が、是が非でも大堰川を渡りたいと、言い出し、困った番頭が、川越人足をつれて来て渡渉が不可能の事由を説明させた。

　若い武士は、その説明をみなまできかずに、どうしても輦台を出せ、と高圧的に命じた。

　そこで、むかっとなった川越人足が、

「そんなにわたりたけりゃ、自分で勝手に、素っ裸になって、泳いで行きやがれってんだ」

　と啖呵をきった。

「無礼者！」

　若い武士は、血相かえて、差料をひきつけた。

「おっ！　斬ろうってえのか！　おもしれえっ！　斬ってみやがれ！　大堰川の河童を斬って、川水をまっ赤にそめたら、どういうことになるか、思い知らせてやらあ！　おもてへ出ろい！」

人足は、土間にあった息杖をひっ摑んで、喚きたてた。

若い武士は、もはや、あとへひくことがならす、差料を抜きはなってしまった。

若い武士は、松平中務少輔直元であった。

その二十六

雨の中を、濡れるにまかせて、堤の上をひろって来て、とある薪小屋へ、転と黙兵衛が、入った時、皮肉にも、雨があがった。

転は、濡れた景色が、斜陽を迎えて、ふしぎな生気に息づくのを、なんとはない微笑で、眺めやった。

黙兵衛は、その横顔へ目をあてて、

「転様。お詫びしなければなりませぬ」

と、言った。

「なんだ？」

転が、視線を移すと、黙兵衛は、頭を下げて、

「てまえは、貴方様が、琉球の王様の御子であることを存じて居りました」

と言った。

「そうか」

転は、頷いて、

「過ぎたことだ。……おれは、一介の素浪人、夢殿転だ」

「しかし、天皇帖と大奥帖は、貴方様がご自身のものになさる資格と権利がございます」

「さあ、どうだろう。わたしは、梶豪右衛門の手に渡したくないと考えているだけのことだ」

転は、そう言ってから、

――斬り甲斐のある人物だ、あれは。

と、その風貌を思い浮かべた。

黙兵衛は、懐中から、油紙でつつんだものをとり出して、

「これで、ございます」

と、転に手渡した。

梶豪右衛門の差料の柄の中にかくされてあった一枚の絵図面であった。

ひらいてみて、転は、

——これだ！

と、合点した。

一枚になっているが、これは、薄い紙を二枚貼りあわせたものであった。

これこそ、多くの人々が、血眼になって、さがしもとめていた品である。

すなわち、天皇帖の中に一枚、大奥帖の中に一枚、さしはさまれていて、これをぴったり貼りあわせれば、完全な絵図面になったのである。

貼りあわせたのは、豪右衛門であった。

そして、これを、差料の中に秘めて、道中していたのである。

黙兵衛が豪右衛門から、差料を奪いとったのは、全くの偶然であった。

倨傲（きょごう）きわまるこの奸物を、丸腰にしてやろう。それだけの皮肉な気持であった。

ところが——。

「忍び込んだ土産に、この刀を頂戴して参りますぜ」

と言ったとたん、豪右衛門は非常な狼狽をしめした。

「そ、その刀をっ……」

という叫びに、重大な意味があったことに、黙兵衛は、しかし、その時は、気がつかず、ずっと後になって、

はてな？

と、不審をおぼえ、柄をはずしてみて、絵図面を発見して、

「これだ！」

と、歓喜したことだった。

松平藩が拿捕した異国船の財宝は、この絵図面の場所に隠匿されてある。

だが……。

転は、絵図面の中に、ひとつの地名も記されていないのに、当惑した。

これは、あきらかに、海辺である、ということだけが判る。

ちょうど、その中心の箇処に、

「異常の門」

と、記入されているばかりであった。

——異常の門！

全土の海辺のうちどこかに、そう称ばれる奇巌があるのであろうか?

「黙兵衛――」

「はい」

「異常の門という名称を、きいたことがあるか?」

「さあ……?」

黙兵衛は、小首をかしげた。

「異常の門、というからには、天然の巌がつくった洞であろう。海辺に、そのような洞窟があるところは――?」

黙兵衛は、ちょっと、考えていてから、

「たとえば、若狭の蘇洞門のようなところでございますね!」

と、言った。

転は、まだ、蘇洞門を見たことはなかった。

しかし、幼時、乳母から言われた言葉が、いまでも、鮮やかにのこっていた。

転は、自分には、なぜ、両親がいないのか、それが怪訝でならず、乳母をとらえて、理由をきかせよ、とせがんだことがあった。

　すると乳母は、何を考えたか、

「若さまは、若狭の国の、蘇洞門という、それはそれは、怖ろしげな、鬼の棲んでいるような海辺の沖にある、唐船島とよばれる、石筍のようなかたちをした奇岩の上へ、海鳥によって、はこばれたのでございます」

　そうこたえたものだった。

　――自分は、海鳥によって、はこばれて来た！

　これは、幼児の脳裡に、つよい感銘をよんだ。

　爾来、乳母の言葉は、折にふれて、ふっと、よみがえって来ているのである。

「蘇洞門か――」

　転は、にわかに、霊感のようなものが、胸中に動くのをおぼえた。

「海蝕した岩礁の、ものすごい景色は、但馬の御火浦（みほの）とか、越前の東尋坊もございますが、蘇洞門は、比類のない凄じさでございます。屏風のような岩壁が、一里あまりもつづいて居ります。ただ一箇所だけ、船を繋ぐことの出来る大門、小門という場所がございます。大小ふたつの洞穴がつくられて、自然の門となって、海中に立って居ります。船は、これをくぐることもできるのでございます」

「それだ！」

転は、言った。

「そこを、異常の門と、ひそかに名づけたのだ」

その二十七

太刀も、脇差もうばわれていた。

泥まみれになった松平直元が、両手に握りしめているのは、石塊であった。

てんでに、得物をつかんだ川越人足の頭数は、十以上もかぞえられる。

なぶり殺し――それであった。

凄惨な光景を眺めているのは、雨雲のあわいからのぞいた幾日ぶりかの陽だけであった。

磧（かわら）を、あとへあとへさがる直元は、もう、恐怖すらもどこかへすてて、ただ、本能の動作だけをのこしていた。

「やいっ！」

人足の一人が、だだっと迫って得物をふりあげると反射的に、石塊を投じて、すばやく、あらたな石塊をひろいとっている。

うしろが、彎曲して、滔々たる濁流が、岸を打っているのさえも、気づいていなかった。このまま、さがれば、直元は、濁流に呑まれることになる。

人足たちは、そこまで追いつめて、直元を溺れさせるか、反撃して来れば、よってたかって擲り仆すこんたんであった。

……ついに。

直元の片足が、ざざっと、流れにふみ込んだ。

瞬間、直元は、大きく胸をはって、深い呼吸をした。死を直前にした者の、清澄な光を双眸に宿した、ぶきみなしずけさが、その泥まみれの姿をつつんだ。

「……」

血潮のしたたる唇をわななかせて、何か言おうとしたが、声にはならなかった。

落ちて行く陽ざしは、その横顔を、照らした。

人足たちは、一瞬、何やら、ぞくっと、悪寒をおぼえて、黙り込み、ひとかたまりに、動かなくなった。

直元は、かんまんな挙動(こなし)で、一歩、二歩出た。

「野郎っ！　たたき殺せ！」

うしろに立つ人足の一人が喚くのをきっかけにして、人足たちは、呪術を解かれたごとく、わあっと、直元に殺到した。

夕陽をはねちらして、目まぐるしい争闘が、磧上に展開された。

直元に、助け人があらわれたのは、争闘場所が堤の上へ移ってからであった。

不意に――人足の一人が、斬られる衝撃さえもおぼえずに、血煙をあげて、ぶっ倒れた。

「なんだ？」

ぎょっとなって振りかえった隣りの人足も、きらっと煌いた白刃の光をこの世の見おさめに、顔面をまっ二つにされて、のけぞった。

「おっ！　助っ人だぞ！」

「野郎っ！　痩浪人め！」

「化物め！　こん、畜生っ！」

人足たちは、直元をすてて、一斉に、助け人に向って、喚きたてた。

一瞬にして、二人を斬りすてた助け人は、

「ふ、ふ、ふ……」

と、せせら笑った。

白い頭巾のかげの白濁した一眼が、ほそめられ、口辺には、生血を吸った陰惨な快感の色が刷かれていた。

十六夜十兵衛の出現は、べつに偶然ではなかった。

この島田の宿で、梶豪右衛門を見つけて、襲う肚であった。

十兵衛は、あくまで、単独で、豪右衛門を斬ろうとしていた。

この濁流の渦巻いている川を越えている筈はなかった。見つけるのには、絶好の場所であった。日下部兵庫たちが、どこにいるのか知らぬ。いずれ、今日明日のうちには、ここへ到着するに相違なかった。その前に、十兵衛は、豪右衛門を斬っておきたかった。

これから、片はしから、旅籠をあたって行くつもりで、堤を歩いて来たのである。

中御門織江を犯そうとしたところへ、異母兄佐藤鉄馬が出現し、骨肉相争うことになり、もとより、十兵衛の魔剣をもってすれば、傷ついている兄を、一颯をもって仆(たお)すのに、なんの造作もなかったにも拘らず、それをせずに峰打ちした十兵衛は、おのれらしくもなく、肉親の絆にしばられたことを、自嘲していたのである。

剣鬼が、その剣をにぶらせたのである。

そのことが、胸中に、不快なわだかまりになっていた矢先であった。

抜きはなった白刃は、生血に飢えていた。二個の生命を奪うや、白刃は、狂喜して、十兵衛の隻腕へ、異常な快感をつたえたのである。

大根のように斬りすてるには格好の手輩であった。

ところで――。

人足側にとっては、これ程、無気味きわまる敵はなかった。

まったくの一瞬間で、仲間二人を斬られた彼らは、吶号を噴きあげたものの、この敵に向って、がむしゃらに殺到する度胸はなかった。

――なんだろ、この化物浪人は？

何かの化身ででもあるかのような、戸惑いさえもおぼえた。

衂れた一刀を、だらりと携げた十兵衛の痩身には、殺気もなければ、まして、闘志のようなものは、みじんもなかったのである。

兵法などに無縁の者の目には、まるで痴呆のような、ぶざまな、隙だらけの立姿でしかなかった。

「気ちがいだな、この野郎っ！」

一人が喚いた。

すると、一同は、ようやく、自分たちの獰猛な団結力を思い出した。

――そうだ、こいつは気ちがいだ。

狂人だからこそ、咄嗟の間に、二人も斬る力を発揮したのだろう。狂人というものは、時として、超人的な業をしめすではないか。

しかし、狂人は、所詮狂人でしかないのだ。

「やっつけろい！」

「膾にしちまえ！」

喧嘩馴れた人足たちは、すばやく、なぶり殺しの包囲陣をつくることも知っていた。

左右へ、さっとわかれるや、堤の斜面を奔って、たちまちに、十兵衛の四方をふさいだ。

十兵衛は、うっそりと佇んだまま、包囲されるにまかせている。

人足たちには、その背中、肩、胴、腕、腰、脚――どの部分へむかって、得物をあびせても、かんたんに五体を崩してしまえるような気がした。

「こん畜生っ！」

背後から、一人が、薪でも割りつけるようなあんばいに、長脇差を、振りおろした。

十兵衛は、ゆっくりと、向きなおった。たしかに、その動作は、きわめて、かんまんであった。

にも拘らず、襲った白刃は、十兵衛のわきを、むなしく、流れ落ちた。

十兵衛の剣は、右から横なぐりに、目の高さの空間を、掠めた。

人足の首は、その線上にあり、絶鳴ももらさずに、胴からはなれるや、血潮の尾をひいて、高く飛び去った。

次いで――。

十兵衛は、二歩ばかり歩み出ると、

「こんどはおのれか――」

と、言いざま、まっ向から、無造作に、斬り降した。

その人足は、縛りあげられてでもいるかのごとく、なすところもなく、閃く切先へ、おのが顔を呉れていた。

どうにも、怪訝なことであった。

なぜ、こんなに、あっけなく、斬られてしまうのか？

のこった者たちの面相には、なんとも名状しがたい困惑の色が滲んだ。

「さあ、次だ！」

十兵衛が、ぐるりと見まわした。

とたんに、一人のこらず、恐怖の声を咽喉からしぼった。殺気を起すのも早ければ、怯気だつのも早かった。

蜘蛛の子を散らすように、八方へ逃げ出す人足たちには、もう目もくれずに、十兵衛は、くさむらに倒れている直元のそばへ歩み寄った。

一瞥して、

――これは、駄目だ。

と、判った。

かかえ起してみて、十兵衛は、急に、眉宇をひそめた。

ただの武士でない、と直感した。

「おいっ！」

背活を入れて、呼んだ。

「お主、何者だ？　遺言があるか？」

直元は、薄く目蓋をひらいた。しかし、もう視力を喪っていた。

「おいっ！」

十兵衛は、烈しく、ゆさぶった。

「……あ、ああ……」

直元は、ひと塊の血潮を、吐いた。

「遺言があれば、きいてやる」

「……あっ、ああ……あ――」

直元は、さいごの力で、胸もとをさぐった。

そして、そのまま、がっくりと、落ち入った。

十兵衛は、胸へ手をさし入れてみて、肌身についている錦袋をさぐりあてた。

ひき出して、紐を切ると、中身を調べた。

小さく折りたたんだ一枚の奉書紙が、出て来た。

披いて、一読した十兵衛は、

「ふん――」

妖しく唇をゆがめて、にやりと笑った。

その二十八

若狭街道――という。

東近江の湖岸から、越前・若狭へぬける街道である。越えて行く山はひくく、鬱蒼とした山中の観のあるのは、北から来る天増川が深い峡谷を屈曲させている国境の大杉付近のみで、あとは、いかにも平凡な、なだらかな坂の一上一下する街道である。

大きな宿場は、熊川の町だけで、ここが、飛脚の立場になり、物々交換、荷物の遣りとりが行われた。

小浜藩士が、江戸急用で、上下するのは、みなこの街道であった。

近時は、伊勢路から京坂地方へ送られて来る南の海の魚に対抗するために、日本海の魚を京坂へ送る急便が増して来て、往来は愈々盛んになって来ていた。

南の海の魚は、伊勢から鈴鹿峠を越えて、矢走に出て、船で、大津から京へ送られて来る。その急便は、速かった。

それに対抗するために、若狭では、午後の魚を担って、夜を徹して、この街道を越える必要があった。若狭の一塩物が、翌朝、京の人の口に入ることになる。

ほかに、若狭からは、木炭、油粕、穀類、四十物、干鰯、下駄、菜種など……。

それらの荷物を背にして、ぞくぞくと街道を越えて来るのを、京では「若狭背負い」と呼び、子供たちは、北国から来た恐ろしい人間のように考えていた。

今朝も——。

街道上には、それらの「若狭背負い」が、ななめにさしそめた朝陽をあび乍ら、つぎからつぎに通って行く。

唯一の山中である国境の、松と灌木の重なりあったとある山腹の一地点から、この街道風景を、じっと眺めおろしている人物がいた。

日下部兵庫であった。

ほかに、配下が三人。

そして、かたわらの松の太い幹には、大筒が縛りつけてあった。

この大筒は、日下部兵庫が、配下を指揮して、この山中で、一夜のうちにつくりあげたものであった。

木をくり抜いて、砲身にし、その上へ、美濃紙を、膠と金剛砂とを混ぜた糊で貼ったのである。いわゆる旱砲であった。

砲身の厚さ一寸五分、木質は硬くなく、また軟らかくもなかった。この木筒に、ただ、紙を貼る下地だけでは、強い火薬をこめると、一、二発でひびが入る。しかし、美濃紙を張り重ねると、それは鉄と同じ力をもつ。しかも、その上へなお、鉄の輪を嵌めて、絶対にひびの入らぬようにする。

日下部兵庫は、こういう技術にかけても、秀れていた。

配下たちは、もう、火薬を詰め、鉛丸をこめて、さきの丸い棒でしっかり押しつける作業をおわっていた。

「よし、出来たな」

兵庫は、たのもしげに、筒をたたいてみてから、頭をまわし、

「おい――」

と、呼んだ。

間を置いて、灌木の蔭から、のっそりと起き上ったのは、十六夜十兵衛であった。

「くどく、念を押すが、豪右衛門が、この街道へ来ることに、万が一の相違もあるまいな」

「近江から、小浜へ出る間道が、ほかにあればだが……」

十兵衛は、こたえた。

「間道はない。しかし……」

「疑いぶかい御仁だな。……参ると申したら参る！」

十兵衛が、梶豪右衛門の行先が、小浜湾であることをつきとめたのは、偶然であった。

大堰川の人足の群と闘って仆（たお）れた松平直元の懐中にあった一枚の奉書紙に教えられたのである。

それは天皇帖・大奥帖に綴じられていた絵図面の写しであった。しかも、それには、くわしく、これの重要な理由が記されてあり、地点もくわしく入れてあったのである。

けだし——。

直元が、おのれの藩をすてたのは、財宝がその「異常の門」に隠匿されてあることを知っていて、これを持って、何処かの土地にかくれ住もうと考えたからである。

十兵衛は、兵庫に、その奉書紙を示してはいなかった。

兵庫は、曽て十兵衛が、豪右衛門にやとわれて、大奥帖を手に入れたことなどから、すでに、豪右衛門の行先をつきとめているものと思っていたのである。

「おっ、あれは――」

配下の一人が、叫んで指さした街道上に、深編笠をかぶった一個の影があらわれていた。

「もしや、あれでは？」

「ちがう！　豪右衛門は、浪人ていはして居るまい、骨格も、背丈もちがう」

兵庫が、否定した。

しかしずうっと後方の斜面に佇む十兵衛は、その浪人姿を、一瞥しただけで、

――彼奴！

と、さとった。

眼光は、蛇のようにそれへそそがれた。

夢殿転も、若狭に来たのである。

——彼奴も、異常の門を目ざしている！

三度び、雌雄を決する場所は、そこだ、と、十兵衛の肚裡は、きまった。

……転は、その視線に見送られているとも知らず、かなりの速さで、眼下を過ぎ、そして遠ざかって行った。

それから、約半刻ばかり過ぎて——。

大溝か、朽木の大名へ納めた御用肴のもどり荷駄か、とおぼしい一行が、さしかかって来た。

武士が数名つき添い、うしろに、一挺の駕籠が来ていた。

兵庫は、鋭い眼光を送っていたが、

「あれだ！」

と、叫んだ。

荷駄をひく人足たちの歩きかたが、疑いもなく武士のものであるとみとめたのである。武士は、大小を腰にして歩くために、いかに丸腰になっても、その特長のある歩きかたをかくすわけにはいかなかった。視る者が視れば、瞭然とする。

「よし！　あの石猿に、照準を――」

兵庫は、眼下を指さした。

道傍に、古い、きたない、軒の傾いた庚申堂があった。堂の前の草むら中に、言わざる見ざる聞かざるの三体が、並んでいた。そのまん中の猿へ、照準を合せれば、前を通る者は、その一直線上に容れることになる。

張抜筒は、木の幹に縛りなおされた。

兵庫は、火縄に火をつけた。

配下たちはもとより、十兵衛もまた、異常な緊張裡に、動かなくなった。

……数疋の荷駄は、ゆっくりと、御堂の前を過ぎた。

駕籠が石猿の前に来るや、兵庫は、大砲のうしろにしゃがんで、口火をつけた。そしてさっと、二間あまり、しりぞいた。

息詰まる数秒を置いて、筒さきから、ぐわっと白い煙が噴いた。

同時に、筒が、ぐうんと、後方へさがった。

ざざっと、樹木がゆらいだ。

刹那――。

山ぜんたいを、地震（ない）のようにゆさぶる凄じい轟音が、炸裂し、兵庫たちはもとより街道上の人々の頭に、があーんと、おそろしい衝撃をくれた。

影絵のようにもの静かに進んで来ていた一行は、一瞬にして、惨たる混乱を起した。

濛っと立った土煙の中で、駕籠が裂け散り、人間がきりきり舞いをした。

荷馬は、驚いて、棹立ったし、武士も人足も、反射的に、四方へ奔った。

「命中したぞ！」

白い硝煙のうすれなびく中で、兵庫は、満足して、莞爾（にこり）と、破顔した。

それから、大筒に近づいて、調べた。

「うむ！　裂けては居らぬ」

頷いて、うしろに近づいた十兵衛の気配にふりかえって、何か言おうとしかけて、はっと、顔面をこわばらせた。

十兵衛の痩身に、殺気があったからである。

「……」

「……」

沈黙の裡に、兵庫は、十兵衛の肚を読みとった。

戦慄が、総身を、かけ抜いた。

「お、お主」

と、叫んで、あとの言葉が、咽喉がひきつって、つづかなかった。

「日下部殿、貴公の任務は、おわったようだな」

十兵衛は、冷やかに、言った。

「な、なに！」

「梶豪右衛門を討ちとる――それが、貴公の任務であった」

「……う！」

「任務がおわれば、もう、用はあるまい」

「貴様っ！」

「あとは、おれの出番だ」

瞬間……兵庫は、抜き討ちに、十兵衛へ、一閃をくれた。

だが、これは十兵衛の方で、待っていたことであった。

血煙あげてのけぞる兵庫を、見かえりもせず、十兵衛は、斜面を、すたすたと上って行った。配下たちは、固唾をのんだまま、なすところを知らなかった。

街道上へ降り立った十兵衛は、かたちをとどめずに散乱した駕籠のわきに、殪れている屍骸へ寄った。

片腕片脚が、飛んでいた。がっくりと土へ頬をつけた死顔は、血にまみれてはいるが、梶豪右衛門の傲岸な面貌を喪ってはいなかった。

――死んだ！

十兵衛は、心中で、呟いてみた。

奸物にふさわしい非業の最期であった。

しかし、なにか、この最期は、あっけなかった。

いかに、奸智をふるい、強欲をほしいままにしても、所詮、人間であるからには、生命が消える秋を迎えなければならぬ。そして、こうして無慚な屍骸を、白昼に、曝してみれば、この男のこれまでなした佞奸の所業は、いったい、なんのためであったか、と思われる。

無駄であったのだ。まことに、徒労であった、と言わざるを得ない。

その感慨を湧かせた十兵衛は、

――おれとしたことが……。

自嗤(じし)した。

豪右衛門の配下たちは、冷酷にも、そこいらに、もはや一人として、姿をとどめてはいなかった。

その二十九

蘇洞門(そとも)は、背面(そとも)の意である。

内外海村半島をつくっている久須夜ケ岳の裾が、外洋(うみ)におちこんでいるところ——西津村方面の内面(うちも)に対する背面(そとも)である。

小浜から、船で、約二里。

小浜湾を縦断して、その湾口をつくっている松ケ崎のはしを、東にまわり、そこから久須夜ケ岳の直下まで、約一里余にわたる海岸が、凄じい花崗岩の海蝕風景を呈している。

その日——一艘の小舟をうかべた小浜湾は、油をといたように滑らかに、凪いでいた。

雲が、ひくくたれこめて、風を封じこめていたのである。

小舟には、転と黙兵衛が、のっていた。

黙兵衛の面上には、めずらしく、なごやかな微笑があった。

昨日の朝、転におくれて、若狭街道を来た黙兵衛は、その路上に、梶豪右衛門の、惨たる最期を目撃したのである。

「因果応報でございました」

転に、報告して、そうむすんだものだった。

「因果応報なら、わたしにも、その危険はある」

転は、重い心で、こたえたことだった。

夜明けて、小舟を出し乍ら(なが)も、転の心はまだ、霽(は)れていなかった。

強敵は、滅んだ。自分の手で斬らなかったことは、べつに悔いはなかった。何者の仕業か知らぬが、いかにも、豪右衛門にふさわしい最期をとげさせたものである。それは、それで、おわった。

生き残った者が、絵図面によって、莫大な財宝を、日の目にあてればよいのである。

理性はそう割り切ることはできた。

しかし、重く暗く、胸中に澱む感慨は、これを、その理性によって払うべくもない。夢のような宝の山も、これを欲する者が手にしてこそ、活きるであろう。転には、そのよろこびが湧かないのである。

……舟は、湾を出た。

内外海村半島の西岸に沿うて、小浜の名所のひとつ二児島を過ぎ、堅海村のひろびろとした田園を眺めて行く。

湾口は、松ケ崎と大島半島の鋸崎によって、口を開けている。

ここにいたると、急に、浪のうねりが高くなる。

日本海が、びょうびょうとして、ひろがる。

舟がへさきを東へまわした。

転の感慨は、ようやく、すてられた。

眼前に展開した凄じい岩礁のつらなりに、目をうばわれたからである。

赤と黒と緑の、線と縞を描いた岩層の巨大な壁が、山脚を数十丈も高く一直線に削ぎ落していた。

屏風を立てた、などという形容では、およびもつかなかった。ここには、太古のすがたがあった。人為のおよばぬ、壮絶な、原始の国のなごりといえた。

やがて、舟は、大浪にゆられつつ、白堊の巨壁のそばへ来た。

唐船島という、ふしぎな房状の岩巣をならべた、羅漢岩の名のある奇岩の横を過ぎて、彼方に、岩礁を柱にして、大きく穴を明けた大小の洞門を見出した。

——異常の門、か！

転は、口のうちで、呟いた。

「転様！」

黙兵衛が、ほっと、ふかく吐息して、指さした。

「わたくしどもを、待っていてくれたように思えまする」

「……」

転は、こたえず、視線を挙げた。

そそり立つ岩壁が、山から落ちる水を聚めて、美しい滝をかけていたが、その滝の落ち口のあたりに、小さく、一個の人影が、立っているのがみとめられた。

——いる！

はじめて、転の心が、きびしく、ひきしまった。

潮風に吹かれて、飄然として、そこに動かぬ影は、うたがいもなく、十六夜十兵衛のものであった。

「黙兵衛——」

「はい」

「最後に、もう一人、人間が死なねばならぬ」

「なんでございます」

「わたしの対手が、あそこにいる」

「あ——！」

仰いで、黙兵衛は、おどろきの声をあげた。

舟は大門をくぐった。

そこから、ひとすじ、岩の上から草喰みの急傾斜をつたって、頂上へ登る径が、つけられていた。

転は、ためらわず、その径をのぼって行った。

終　章

厚い雲の一角が崩れて、碧落がのぞき、そこから、一条の光芒が、地上へ落ちた。

おもい、うすぐらい宙をつらぬいたその光芒は、なにか、神の意志でも象徴するかのように、異常な美しさであった。

それは、白堊の巨壁をなだれ落ちる滝を、ふしぎな淡紅色に染めて、洞門の中を照らした。

いわば、洞門を中心にして、天と地をふたつに割った壮麗な一瞬であった。

小舟から仰ぐ黙兵衛の眸子には、光芒をへだてて、絶壁上に対峙した二個の影が、妖しいまでに静かなものに映っていた。

十六夜十兵衛と夢殿転は、三度び、決闘の時を迎えたのである。

対峙して、いくばくかを消し乍ら、なお、両者は、一言も発せずに、凝視しあっていた。

孰れかが殪れなければならぬ。

これは、決定していた。

十兵衛の方は、ただ、ひたすらに、宿敵を斬ることのみしか、念頭になく、総身ことごとくの機能を、その闘志の奔騰の一刹那にまで、完全に整えるべく、一呼吸一呼吸を、無念無想裡に、つづけていた。

それにひきかえて、転の方は、いまだ、人間くさい疑いに、迷う心をのこしていた。

天皇帖・大奥帖の二帖をめぐって、これまで幾人の人が、非業の最期をとげたことだろう。

莫大な財宝とはいえ、一個の生命の価値にはおよばない筈であった。

いかに、私欲のすさまじい人間でも、桑楡まさに迫らんとする時、ふっと、おのれのなして来た行動に、むなしさをおぼえるに相違ない。千金を摑むために、あらゆる悪業を積んだ挙句、迎えるのが死であるとするならば、このむなしさは、たとえ様もない。

最後の一念に依って、三界に生を引く、という言葉があるが、人は、その臨終にあって、無常をおぼえない者はあるまい。

無常の鬼が身を責める、という。死に近づいた時、いっさいの欲望はすてられる。のこるのは、空漠たる哀しさだけである。

ましして、肉を以て餓虎に委す人ともなれば、最期の一瞬において、脳中をめまぐるしくかけめぐる想念は、あまりにも悲惨であろう。

いま――。

財宝の匿された「異常の門」を眼下に置いて、生き残った者同士が、雌雄を決する瞬間を迎えて、その虚しさを、転は、おぼえている。

勝ち残って、財宝をわが手におさめたとする。それがなにほどの幸せであろうか、と思う。

思わず、その心が、顔に出た。

とたんに――十兵衛の眼光が、凄い度をくわえた。

「夢殿転！　なにゆえの侮蔑か！」

その叫びが、口から、迸しった。

転の表情を、おのれに対するさげすみと受けとったのである。

「侮蔑はせぬ。闘うことの無駄を思ったにすぎぬ」

転は、声音穏やかに、こたえた。

「無駄？　無駄とはっ？」

「お主が勝っても、わたしが勝っても、のこるのは、むなしさだけであろうか、と考える」

「言うなっ！　兵法の勝負に、後刻の思いは無用だ！」

「そうであろうか。……われわれには恩讐はない。ただ、いつとなく、宿敵のかたちとなり、どちらか、勝ちのこらなければならぬように、思い込んでしまった。思いかえせば、これは、なんの意味もない」

「たわけが！　剣の道は、無中に有を生ずる——その証しをたてるにあるのだ！　斬るか斬られるか——その無心の境に、生きる者の真と実をみたすのだ」

「ふん……」

転は、自嗤（じし）した。

「在りての厭い、亡くての偲び——か」

「問答無用！」

十兵衛は、すうっと、一歩ふみ出すや、隻腕の肩を落した。

「ゆくぞ！」

「……」

転は、動かず、十兵衛が噴かせた殺気をすくって、送って来る潮風に、わずかに、双眸を細めた。

この時、天から降った光芒が、ふっと、消えた。

雲は、碧落をとざしたのである。

「……」

「……」

両者の眼光は、薄暮にひとしい昏さの中で、ぶっつかり、そして、動かなくなった。

これから、後の動きは、毛ひとすじの隙があってはならなかった。

数秒の固着状態があってから、十兵衛が、目にもとまらぬ迅さで、一刀を鞘走らせた。

転は、鯉口を切ったなりで、さっと、右方へ、すべるがごとく、身を移した。

右方は、断崖縁であった。

転が、敢えてそうしたのは、十兵衛の裏をかいたのである。

十兵衛の方は、当然、転が、断崖とは逆の方へ、身を移すものと考えて、そういう構えをとって、抜きはなったのである。

転が、対手の思惑通りに動けば、いとまを与えず、一閃が襲って来たであろう。

「……むっ！」

ひくく、呻きを口腔内に嚙んで、十兵衛は、隻腕を、右旋左旋の自在の構えにかえた。

そうして、固着の状態が、ふたたび、来た。

転としては、対手の裏をかいたとはいえ、えらんだ地歩は、絶体絶命のものであった。

あと二歩退れば、五体は、数十丈の巨壁を転落することになる。

対手は迷わず、自分は迷った——その精神力の差をおぎなうために、転は、敢えて、わが身を、全き死地に置いた、といえる。

十兵衛の方にも転のこの必死の決意がわからぬ筈はなかった。

そのために、おのが立脚点の有利に、心をおごるわけにはいかなかった。

ただ——。

この対峙において、最初の一撃が、十兵衛に与えられたことは、明白であった。

その一撃をもって、敵を殪さなければならなかった。

自信は、十兵衛の胸にあった。

十兵衛は、隻腕をもって一撃で斬るための秘技を編むべく、この一年間、想念を罩めて来たのである。

いわば、新たな「十六夜斬り」であった。


「ええいっ！」

天地をつんざく一声が、巨壁上で、発しられ、断崖縁で微動もせぬ影へむかって、もう一個の影が、躍るのを、小舟の中から、黙兵衛は、視た。

受けた影は、さっと退った。

「あっ！」

黙兵衛は、思わず、目蓋をとじた。

闘いの声は、その一声だけで、あとには、静寂が来た。

黙兵衛は、目をひらいた。

断崖の縁すれすれに、影は、一個のみ残っていた。

転であった。

ついに衂(ちぬ)られなかった白刃を携げて、はるかな巨壁の下の岩へ、目を落していた。

十兵衛は、そこへ落ち消えたのである。

転自身、どうして、おのれの生命がたすかったのか、わからなかった。

十兵衛のふるった一撃のあまりの凄じさを、受けとめ難く、ぎりぎりの距離である二歩を、退った。

それが、さいわいした、と頷けたのは、後日になってからである。

十兵衛は、よもや、転が、退るものとは、思わなかったのである。

一撃を仕損じた十兵衛は、第二撃を、継続した。しかし、それは、あまりにも、力がこもりすぎていた。

転が辛うじて、躱した——その空間を飛んだ十兵衛は、断崖縁でふみとどまるには、あまりにも、勢いが強かった。

十兵衛は、自らのぞむがごとく、ひろびろとした空中へ、五体を躍らせてしまったのである。

したがって、転の胸中には、――勝った、という意識はなかった。

敵は、自滅したにすぎなかった。

――在りての厭い、亡くての偲び。

十兵衛に言った言葉が、あらためて、呟かれた。

やはり、虚しさが、のこっただけであった。

凝然として、立ちつくした。

「転様」

黙兵衛に、背後から、呼びかけられて、ようやく、われにかえった転は、懐中から、絵図面をとり出した。

黙兵衛は、転が、それを、こまかく破りはじめるのを見て、あっとなった。

「転様っ！　なにをなさいます？」

「すてるのだ」

「すてる！」

「そうだ」

転は、ちぎった紙片を、海へ投げた。

吹雪となって散るさまを、うつろな眼眸で見送った転は、しずかに、黙兵衛をふりかえると、

「人の手に渡れば、どんな悪業も犯す財宝も、岩の蔭にねむっている限り、土塊と同じだろう。そうではないか、黙兵衛」

「さ、さようでございますが……」

黙兵衛は、まだ、転の肚のうちを読みかねた面持であった。

転は、あらためて、びょうびょうたる大海原を見渡した。

「……自然が大きすぎるのか、人間が卑小なのか――」

なんとはない独語をもらしていた。

「無風亭」

閑静な雑木林の中の、ひっそりとした隠宅の、柿葺きの土庇のふかい玄関にかかげられた舟板の額は、今日もなお、そのまま、そこにあった。

それをかかげた人は逝き去っても、たたずまいは、以前と同じく、風雅の気配をただよわせている。

ゆっくりと足をはこび入れて来た転の感慨は、そのことであった。

玄関に立って、案内を乞おうとして、転は、苦笑した。

帰って来るべき者が、帰ってきたのではなかった。

千枝を一夜抱き乍(なが)ら、別離も告げずに、立去った転であった。

それは、再び帰らぬことであろうことを、無言で知らせるための冷酷な振舞いであった。

転は、そっと、跫音をしのばせるようにして、庭へまわった。

とあるつくばいのそばを過ぎようとしたとたん、その蔭から、ひょいと、立ちあがった小さな姿に、転は、おどろいた。

「ほう——」

転は、思わず、微笑して、見下した。

見たこともないほど可愛い面差の幼児であった。

「坊やは、この家の者か?」

やさしく問うと、こくりと頷いた。

「だれと、いっしょに——?」

「おばちゃま」

「おばちゃま?」

転は、この幼児とは、いつか、どこかで、出会うたような気がした。

——どこで会うたか?

思い出そうとつとめたが、すぐには、思い出せそうもなかった。

そのおり——。

「敏也さん、敏也さん……どこですか」

屋内から、そう呼ぶ声がした。

——千枝!

千枝が、ここに待っていた!

転は、幼児を抱きあげた。

幼児は、おびえもせず、大きく目をひらいて、転を瞶(みつ)めた。

「千枝が、おばちゃまであったのか」

そう呟いた瞬間、転は、はっと、思い出した。

この幼児は、糸路という娘が養っていた! 糸路が連れて、古刹深大寺へ行った筈であった。

——どうして、糸路から、千枝の手に渡されたのか？

わからないままに、母屋に近づくと、障子が開いた。

「……あ！」

千枝は、あまりの不意の衝撃で、信じられない光景を、そこに見る表情になった。

「帰って来たよ、千枝さん」

転は、笑ってみせた。

「い、いえ！」

千枝は、かぶりをふって、

「そ、その子を……」

と、顫え声で、指さした。

「貴方様が、お抱きになっていて……、まるで、夢のようでございます」

「わたしが、抱くのが、ふしぎか？」

「は、はい——」

「どうして？」

千枝は、昂奮で、口のうちがかわき、ひと息つかねばならなかった。

「貴方様のお子様で、ございますもの」

「え――？」

転は、わが耳を疑った。

「それは、どういうことだ？」

「清姫様が、お生み遊ばしました……」

「えっ！」

転は、あらためて、幼児の貌を、見まもった。

――この子が！

名状しがたい感動が、大きくうねりあげて来た。

――この子が、おれと清姫の子か！

千枝は、縁側に坐って、転を瞶めているうちに、おのずと、微笑が浮かんで来るのをおさえきれなかった。

――幸せ！

この一瞬をこそ、じぶんは、ずうっと長いあいだ待ちのぞんでいたような気がした。

この一瞬の幸せをあじわうことのできたよろこびは、千枝を、さらに、つよい母親とならせるであろう。

さて――。

この長い物語も、一応ここで終ることになるが、その後の身の上を語らねばならぬ女性は、幾人かいる。

中御門織江は？

糸路は？

加枝は？

しかし、彼女たちの消息を伝える前に、夢殿転と千枝のくらしが、無風亭において、その後、つつがなくいとなまれるためには、あまりにも、その宿運が暗すぎたことを語らねばならないとなれば、これは、おのずから、別の物語となる。

筆者が、敢えて、登場させた不幸な女性たちを、そのままにすてておくのも、夢殿転自身の生涯を中途にして、ペンを擱くためである。

本作品中に差別的ともとられかねない表現が見られますが、著者がすでに故人であることと作品の文学性・芸術性に鑑み、原文のままとしました。

（春陽堂書店編集部）

『異常の門』覚え書き

初　出　「週刊現代」（講談社）　昭和34年10月25日～35年10月9日号

初刊本　異常の門　夢殿轉精神帖　火の巻　講談社　昭和35年5月
　　　　異常の門　夢殿轉精神帖　風の巻　講談社　昭和35年11月

再刊本　講談社（長編小説全集12　柴田錬三郎集）　昭和36年12月
　　　　講談社（ロマン・ブックス）　昭和38年10月
　　　　光風社（柴田錬三郎選集　第2期　12、13）　昭和39年11、12月　※上・下
　　　　東都書房（忍法小説全集16）　昭和40年2月
　　　　光風社書店（柴田錬三郎選集　第2期　12、13）　昭和40年9月　※上・下
　　　　新潮社（柴田錬三郎時代小説全集17）　昭和41年8月　※『私説大岡政談』を併録
　　　　光風社書店　昭和42年4月　※上・下
　　　　広済堂出版（カラー小説新書）　昭和43年12月
　　　　春陽堂書店（春陽文庫）　昭和47年9月

光風社書店　昭和48年1月

広済堂出版（特選時代小説）　昭和48年6月

光風社書店　昭和49年2月

集英社（柴田錬三郎自選時代小説全集7）　昭和49年2月　※『血汐笛』を併録

光風社書店　昭和51年1月

光風社書店　昭和51年11月

光風社書店　昭和53年11月

講談社（講談社文庫）　昭和53年12月　※上・下

春陽堂書店〈春陽文庫〉　昭和63年2月

春陽堂書店〈春陽文庫〉　平成6年7月

講談社（講談社文庫コレクション大衆文学館）　平成9年3月

（編集協力・日下三蔵）

春陽文庫

異常の門　下巻

2024年6月25日　新版改訂版第1刷　発行

著者　柴田錬三郎

発行者　伊藤良則

発行所　株式会社　春陽堂書店
〒一〇四―〇〇六一
東京都中央区銀座三―一〇―九
KEC銀座ビル
電話〇三（六二六四）〇八五五（代）

印刷・製本　中央精版印刷株式会社

ISBN978-4-394-90486-1　C0193